And on the seventh day God ended his work which he had made;
and he rested on the seventh day from all his work which he had made.

Old Testament · Genesis

The Seventh Day

余华　著

第七天

新星出版社 NEW STAR PRESS

新经典文化股份有限公司
www.readinglife.com
出　品

到第七日，

神造物的工已经完毕，

就在第七日歇了他一切的工，

安息了。

——《旧约·创世记》

目 录

第一天

浓雾弥漫之时，我走出了出租屋，在空虚混沌的城市里孑孓而行。我要去的地方名叫殡仪馆，这是它现在的名字，它过去的名字叫火葬场。我得到一个通知，让我早晨九点之前赶到殡仪馆，我的火化时间预约在九点半。

昨夜响了一宵倒塌的声音，轰然声连接着轰然声，仿佛一幢一幢房屋疲惫不堪之后躺下了。我在持续的轰然声里似睡非睡，天亮后打开屋门时轰然声突然消失，我开门的动作似乎是关上轰然声的开关。随后看到门上贴着这张通知我去殡仪馆火化的纸条，上面的字在雾中湿润模糊，还有两张纸条是十多天前贴上去的，通知我去缴纳电费和水费。

我出门时浓雾锁住了这个城市的容貌，这个城市失去了白昼和黑夜，失去了早晨和晚上。我走向公交车站，一些人影在我面前倏忽间出现，又倏忽间消失。我小心翼翼走了一段路程，一个像是站牌的东西挡住了我，仿佛是从地里突然生长出来。我想上面应该有一些数字，如果有203，就是我要坐的那一路公交车。我看不清楚上面的数字，举起右手去擦拭，仍然看不清楚。我揉擦起了自己的眼睛，好像看见上面的203，我知道这里就是公交车站。奇怪的感觉出现了，我的右眼还在原来的地方，左眼外移到颧骨的位置。接着我感到鼻子旁边好像挂着什么，下巴下面也好像挂着什么，我伸手去摸，发现鼻子旁边的就是鼻子，下巴下面的就是下巴，它们在我的脸上转移了。

浓雾里影影幢幢，我听到活生生的声音此起彼伏，犹如波动之水。我虚无缥缈地站在这里，等待203路公交车。听到很多汽车碰撞的声响接踵而来，浓雾湿透我的眼睛，我什么也没有看见，只听到连串车祸聚集起来的声响。一辆轿车从雾里冲出来，与我擦肩而去，冲向一堆活生生的声音，那些声音顷刻爆炸了，如同沸腾之水。

我继续站立，继续等待。过了一会儿，我心想这里发生大面积的车祸，203路公交车不会来了，我应该走到下一个车站。

我向前走去，湿漉漉的眼睛看到了雪花，在浓雾里纷纷扬扬出来时恍若光芒出来了，飘落在脸上，脸庞有些温暖了。我站住脚，低头打量它们如何飘落在身上，衣服在雪花里逐渐清晰起来。

我意识到这是一个重要的日子：我死去的第一天。可是我没有净身，也没有穿上殓衣，只是穿着平常的衣服，还有外面这件陈旧臃肿的棉大衣，就走向殡仪馆。我为自己的冒失感到羞愧，于是转身往回走去。

飘落的雪花让这个城市有了一些光芒，浓雾似乎慢慢卸妆了，我在行走里隐约看见街上来往的行人和车辆。我走回到刚才的公交车站，一片狼藉的景象出现在眼前，二十多辆汽车横七竖八堵住了街道，还有警车和救护车；一些人躺在地上，另一些人被从变形的车厢里拖出来；有些人在呻吟，有些人在哭泣，有些人无声无息。这是刚才车祸发生的地点，我停留一下，这次确切看清了站牌上的203。我穿越了过去。

我回到出租屋，脱下身上不合时宜的衣服，光溜溜走到水槽旁边，拧开水龙头，用手掌接水给自己净身时看到身上有一些伤口。裂开的伤口涂满尘土，里面有碎石子和木头刺，我小心翼翼把它们剔除出去。

这时候放在床上枕头旁边的手机响了，我感到奇怪，因为欠费已被停机两个月，现在它突然响了。我拿起手机，摁了一下接听键，小声说：

"喂。"

电话那头传来一个声音："你是杨飞吗？"

"是我。"

"我是殡仪馆的，你到哪里了？"

"我在家里。"

“在家里干什么？”

“我在净身。”

“都快九点钟了，还在净身？”

我不安地说：“我马上来。”

“快点来，带上你的预约号。”

“预约号在哪里？”

“贴在你的门上。”

对方挂断电话。我心里有些不快，这种事情还要催促？我放下电话，继续清洗身上的伤口。我找来一只碗，用碗接水后冲刷那些残留在伤口里的碎石子和木头刺，清洗速度加快了。

净身之后，我湿漉漉走到衣柜那里，打开柜门寻找我的殓衣。里面没有殓衣，只有一身绸缎的白色睡衣像是殓衣，上面有着隐隐约约的印花图案，胸口用红线绣上的“李青”两字已经褪色，这是那段短暂婚姻留下的痕迹。我当时的妻子李青在商店里精心挑选了两套中式对襟睡衣，她在自己的睡衣胸口绣上我的名字，在我的睡衣胸口绣上她的名字。那段婚姻结束之后，我没再穿过它，现在我穿上了，感到这白色的绸缎睡衣有着雪花一样温暖的颜色。

我打开屋门，仔细辨认贴在门上的殡仪馆通知，上面有一个“A3”，心想这就是预约号。我将通知摘下来，折叠后小心放入睡衣口袋。

我准备走去时觉得缺少了什么，站在飘扬的雪花里思忖片刻，想起来了，是黑纱。我孤苦伶仃，没有人会来悼念我，只能自己悼念自己。

我返回出租屋，在衣柜里寻找黑布。寻找了很久，没有黑布，只有一件黑色的衬衣，因为陈旧，黑色已经趋向灰黑色。我没有其他的选择，只能剪下它的一截袖管，套在左手的白色袖管上。虽然自我悼念的装束美中不足，我已经心满意足。

我的手机又响了。

“杨飞吗？”

“是我。”

“我是殡仪馆的，”声音问，“你想不想烧啊？”

我迟疑了一下说：“想烧。”

“都九点半了，你迟到啦。”

“这种事情也有迟到？”我小心问。

“想烧就快点来。”

殡仪馆的候烧大厅宽敞深远，外面的浓雾已在渐渐散去，里面依然雾气环绕，几盏相隔很远的蜡烛形状的壁灯闪烁着泛白的光芒，这也是雪花的颜色。不知为何，我见到白色就会感到温暖。

大厅的右边是一排排被铁架子固定住的塑料椅子，左边是沙发区域，舒适的沙发围成几个圆圈，中间的茶几上摆放着塑料花。塑料椅子这边坐着很多候烧者，沙发那边只有五个候烧者，他们舒适地架着二郎腿，都是一副功成名就的模样，塑料椅子这边的个个都是正襟危坐。

我进去时一个身穿破旧蓝色衣服戴着破旧白手套的骨瘦如柴的人迎面走来，我觉得他的脸上只有骨头，没有皮肉。

他看着我五官转移之后的脸轻声说："您来了。"

我问他："这是火葬场吗？"

"现在不叫火葬场了，"他说，"现在叫殡仪馆。"

我知道自己说错了什么，就像是进入一家宾馆后询问：这里是招待所吗？

他的声音里有着源远流长的疲惫，我听出来他不是给我打电话说"我是殡仪馆的"那位。我为自己的迟到道歉，他轻轻摇摇头，用安慰的语调说今天有很多迟到的。我的预约号已过期作废，他走到入门处的取号机上为我取号，然后将一张小纸片交给我。

我从 A3 推迟到 A64，这个号码上面显示在我前面等候的有 54 位。

我问他："今天还能烧吗？"

"每天都有不少空号。"他说。

他戴着破旧白手套的右手指向塑料椅子这边，意思是让我去那里等候，我的眼睛看着沙发那边。他提醒我沙发那边是贵宾区域，我的身份属于塑料椅子这边的普通区域。我手里拿着 A64 号走向塑料椅子这里时，听到他自言自语的叹息之声：

“又一个可怜的人，没整容就来了。”

我坐在塑料椅子里。这位身穿蓝色衣服的在贵宾候烧区域和普通候烧区域之间的通道上来回踱步，仿佛深陷在沉思里，他脚步的节奏像是敲门的节奏。不断有迟到的进来，他迎上去说声“您来了”，为他们重新取号，随后伸手一指，让他们坐到我们这边的塑料椅子上。有一个迟到的属于贵宾，他陪同到沙发那边的区域。

塑料椅子这边的候烧者在低声交谈，贵宾区域那边的六个候烧者也在交谈。贵宾区域那边的声音十分响亮，仿佛是舞台上的歌唱者，我们这边的交谈只是舞台下乐池里的伴奏。

贵宾区域里谈论的话题是寿衣和骨灰盒，他们身穿的都是工艺极致的蚕丝寿衣，上面手工绣上鲜艳的图案，他们轻描淡写地说着自己寿衣的价格，六个候烧贵宾的寿衣都在两万元以上。我看过去，他们的穿着像是宫廷里的人物。然后他们谈论起各自的骨灰盒，材质都是大叶紫檀，上面雕刻了精美的图案，价格都在六万元以上。他们六个骨灰盒的名字也是富丽堂皇：檀香宫殿、仙鹤宫、龙宫、凤宫、麒麟宫、檀香西陵。

我们这边也在谈论寿衣和骨灰盒。塑料椅子这里说出来的都是人造丝加上一些天然棉花的寿衣，价格在一千元上下。骨灰盒的材质不是柏木就是细木，上面没有雕刻，最贵的八百元，最便宜的两百元。这边骨灰盒的名字却是另外一种风格：落叶归根、流芳千古。

与沙发那边谈论自己寿衣和骨灰盒的昂贵不同，塑料椅子这边比较着谁的价廉物美。坐在我前排的两位候烧者交谈时知道，他们是在同一家寿衣店买的同样的寿衣，可是一个比另一个贵了五十元。买贵了的那位唉声叹气，喃喃自语：

“我老婆不会讲价。”

我注意到塑料椅子这边的候烧者也都穿上了寿衣，有些身穿明清风格的传统寿衣，有些身穿中山装或者西装的现代寿衣。我只是穿上陈旧的白色中式对襟睡衣，我庆幸早晨出门时意识到臃肿的棉大衣不合适，换上这身白色睡衣，虽然寒碜，混在塑料椅子这里也能滥竽充数。

可是我没有骨灰盒，我连落叶归根和流芳千古这样的便宜货也没有。我开始苦恼，我的骨灰应该去哪里？撒向茫茫大海吗？不可能，这是伟人骨灰的去处，专机运送军舰护航，在家人和下属的哭泣声中飘扬入海。我的骨灰从炉子房倒出来，迎接它们的是扫帚和簸箕，然后是某个垃圾桶。

坐在身旁的一位老者扭头看见了我的脸，惊讶地问：“你没有净身，没有整容？”

“净身了，”我说，“我自己净身的。”

“你的脸，”老者说，“左边的眼珠都出去了，鼻子歪在旁边，下巴这么长。”

我想起来净身时忘记自己的脸了，惭愧地说：“我没有整容。”

“你家里人太马虎了，”老者说，“没给你整容，也没给你化妆。”

我是孤零零一个人。给予我养育之恩的父亲杨金彪一年多前身患绝症不辞而别，我的生父生母远在千里之外的北方城市，他们不知道此时此刻我已置身另外一个世界。

坐在另侧身旁的一个女人听到我们的谈话，她打量起了我的衣着，她说：“你的寿衣怎么像睡衣？”

“我穿的是殓衣。”我说。

“殓衣？”她有些不解。

“殓衣就是寿衣，”老者说，“寿衣听上去吉利。”

我注意到了他们两个的脸，都是浓妆艳抹，好像要去登台表演，而不是去炉子房火化。

前面的塑料椅子里有一个候烧者对身穿蓝色衣服的抱怨起来：“等了这么久，也没听到叫号。”

“正在进行市长的遗体告别仪式，”身穿蓝色衣服的说，“早晨烧了三个就停下了，要等市长进了炉子房，再出去后，才能轮到您们。”

“为什么非要等到市长烧了，才烧我们？”那个候烧者问。

“这个我不知道。”

另一个候烧者问：“你们有几个炉子？”

“两个，一个是进口的，一个是国产的。进口的为贵宾服务，国产的为您们服务。”

“市长是不是贵宾？”

“是。”

“市长要用两个炉子烧吗？”

“市长应该用进口炉子。”

“进口炉子已经留给市长了，国产炉子为什么还要留着？”

“这个我不知道，我只知道两个炉子都停了。”

沙发区域那边有贵宾向身穿蓝色衣服的招招手，他立即快步走去。

那个贵宾问他：“市长的遗体告别还有多久？”

“我不太清楚，”他停顿一下说，“估计还有一会儿，请您耐心等候。”

一个迟到的候烧者刚刚进来，听到他们的对话，站在通道上说：“市里大大小小的官员，还有各区县大大小小的官员，一千多人，一个一个向市长遗体告别，还不能走快了，要慢慢走，有的还要哭上几声。”

“一个市长有什么了不起的。”那个贵宾很不服气地说。

这个迟到的继续说：“早晨开始，城里的主要道路就封锁了，运送市长遗体的车开得跟走路一样慢，后面跟着几百辆给市长送行的轿车，半小时的路可能要走上一个半小时。现在主要道路还在封锁，要等到市长的骨灰送回去以后，才会放行。”

城里主要道路封锁了，其他的道路也就车满为患。我想起早晨行走在浓雾里连串的车祸声响和此后看到的一片狼藉景象。随即我又想起半个月前报纸电视上都是市长突然去世的消息，官方的解释是市长因为工作操劳过度突发心脏病去世。网上流传的是民间的版本，市长在一家五星级酒店的行政套房的床上，与一个嫩模共进高潮时突然心肌梗塞，嫩模吓得跑到走廊上又哭又叫，忘记自己当时是光屁股。

然后我听到沙发那边的贵宾谈论起了墓地，塑料椅子这边也谈论起了墓地。塑料椅子这边的都是一平米的墓地，沙发那边的墓地都在一亩地以上。或许是那边听到了这边的议论，沙发那边一个贵宾高声说：

“一平米的墓地怎么住？”

塑料椅子这边安静下来，开始聆听沙发那边令人瞠目的奢华。他们六个中间有五个的墓地都建立在高高的山顶，面朝大海，云雾缭绕，都是高山仰止景行行止的海景豪墓。只有一个建立在山坳里，那里树林茂密溪水流淌鸟儿啼鸣，墓碑是一块天然石头，在那里扎根几百上千年了，他说现在讲究有机食品，他的是有机墓碑。另外五个的墓碑有两个是实体的缩小版，一个是中式庭院，一个是西式别墅；还有两个是正式的墓碑，他们声称不搞那些花里胡哨的东西。最后一个说出来让大家吃了一惊，他的墓碑竟然是天安门广场上的人民英雄纪念碑，而且尺寸大小一样，只是纪念碑上面毛泽东手迹的“人民英雄永垂不朽”，改成了“李峰同志永垂不朽”，也是毛泽东的手迹，是他的家人从毛泽东的手迹里面找出来“李峰同志”四个字，放大后刻到墓碑上面。

他补充道：“李峰同志就是我。”

有一个贵宾对他说：“这个有风险，说不定哪天被政府拆了。”

“政府那边已经花钱搞定，”他胸有成竹地说，“只是不能让记者曝光，我的家属已经派出十二人对记者严防死守，十二个人刚好是部队一个班的编制，有一个警卫班保护我，我可以高枕无忧。”

这时候烧大厅的两排顶灯突然亮了，黄昏时刻变成正午时刻，身穿蓝色衣服的这位急忙走向大门。

市长进来了，他一身黑色西装，里面是白色衬衣，系着一根黑色领带。他面无表情地走过来，脸上化了浓妆，眉毛又黑又粗，嘴唇上抹了鲜艳的口红。身穿蓝色衣服的迎上去，殷勤地指引他：

“市长，请您到豪华贵宾室休息一下。”

市长微微点点头，跟随身穿蓝色衣服的向前走去，大厅里面有两扇巨大的门徐徐打开，市长走进去之后，两扇门徐徐合上。

沙发那边的贵宾们没有了声音，豪华贵宾室镇住了沙发贵宾区，金钱在权力面前自惭形秽。

我们塑料椅子这边的声音仍然在起伏，谈论的仍然是墓地。大家感慨现在的墓地比房子还要贵，地段偏远又拥挤不堪的墓园里，一平米的墓地竟然要价三万元，而且只有二十五年产权。房价虽贵，好歹还有七十年产权。一些候烧者愤愤不平，另一些候烧者忧心忡忡，他们担心二十五年以后怎么办？二十五年后的墓地价格很可能贵到天上去了，家属无力续费的话，他们的骨灰只能去充当田地里的肥料。

坐在前排的一个候烧者伤心地说："死也死不起啊！"

我身旁的那位老者平静地说："不要去想以后的事。"

老者告诉我，他七年前花了三千元给自己买了一平米的墓地，现在涨到三万元了。他为自己当初的远见高兴，如果是现在，他就买不起墓地了。

他感慨道："七年涨了十倍。"

候烧大厅里开始叫号了。显然市长已经烧掉，他的骨灰盒上面覆盖着党旗，安放在缓缓驶去的黑色殡仪车里，后面有几百辆轿车缓缓跟随，被封锁的道路上哀乐响起……贵宾号是V字头的，普通号是A字头的，我不知道市长级别的豪华贵宾号是什么字母打头，可能豪华贵宾不需要号码。

属于V的六个贵宾都进去了，属于A的叫得很快，就如身穿蓝色衣服的所说，有很多空号，有时候一连叫上十多个都是空号。这时候我发现身穿蓝色衣服的站在我旁边的走道上，我抬起头来看他时，他疲惫的声音再次响起：

"空号的都没有墓地。"

我没有骨灰盒，没有墓地。我询问自己：为什么要来这里？

我听到了A64，这是我的号码，我没有起身。A64叫了三遍后，叫 A65 了，身旁的女人站了起来，她穿着传统寿衣，好像是清朝的风格，走去时两个大袖管摇摇摆摆。

身旁的老者还在等待，还在说话。他说自己的墓地虽然有些偏远，交通也不方便，可是景色不错，前面有一片不大的湖水，还有一些刚刚种下的树苗。他说自己去了那里以后不会出来，所以偏远和交通不方便都不是问题。然后他打听我的墓地是在哪个墓园。

我摇摇头说："我没有墓地。"

"没有墓地，你到哪里去？"他惊讶地问。

我感到自己的身体站了起来，身体带着我离开了候烧大厅。

我重新置身于弥漫的浓雾和飘扬的雪花里，可是不知道去哪里。我疑虑重重，知道自己死了，可是不知道是怎么死的。

我行走在若隐若现的城市里，思绪在纵横交错的记忆路上寻找方向。我思忖应该找到生前最后的情景，这个最后的情景应该在记忆之路的尽头，找到它也就找到了自己的死亡时刻。我的思绪借助身体的行走穿越了很多像雪花一样纷纷扬扬的情景之后，终于抵达了这一天。

这一天，似乎是昨天，似乎是前天，似乎是今天。可以确定的是，这是我在那个世界里的最后一天。我看见自己迎着寒风行走在一条街道上。

我向前走去，走到市政府前的广场。差不多有两百多人在那里抗议暴力拆迁，他们没有打出抗议的横幅，没有呼喊口号，只是在互相讲述各自的不幸。我听出来了，他们是不同强拆事件的受害者，我从他们中间走过去。一位老太太流着眼泪说她只是出门去买菜，回家后发现自己的房子没有了，她还以为走错了地方。另外一些人在讲述遭遇深夜强拆的恐怖，他们在睡梦中被阵阵巨响惊醒，房屋摇晃不止，他们以为是发生了地震，仓皇逃出来时才看到推土机和挖掘机正在摧毁他们的家园。有一个男子声音洪亮地讲述别人难以启口的经历，他和女友正在被窝里做爱的时候，突然房门被砸开了，闯进来几个彪形大汉，用绳子把他们捆绑在被子里，然后连同被子把他们两个抬到一辆车上，那辆汽车在城市的马路上转来转去，他和女友在被捆绑的被子里吓得魂飞魄散，不知道汽车要把他们带到什么地方。汽车在这个城市转到天亮时才回到他们的住处，那几个彪形大汉把他们从汽车里抬出来扔在地上，解开捆绑他们的绳子，扔给他们几件别人的衣服，他们两个在被子里哆嗦地穿上了别人的衣服，有几个行人站在那里好奇地看着他们，他们穿上衣服从被子里站起来时，他看到自己的房屋已经夷为平地，他的女友呜呜地哭上了，说以后再也不和他睡觉了，说和他睡觉比看恐怖电影还要恐怖。

他告诉周围的人，房屋没有了，女友没有了，他的性欲在那次惊吓里也是一去不回。他伸出四根手指说，为了治疗自己的阳痿已经花去四万多元，西药中药正方偏方吃了一大堆，下面仍然像是一架只会滑行的飞机。

有人问他："是不是刚起飞就降落了？"

"哪有这么好的事，"他说，"只会滑行，不会起飞。"

有人喊叫："让政府赔偿。"

他苦笑地说："政府赔偿了我被拆掉的房屋，没赔偿我被吓跑的性欲。"

有人建议："吃伟哥吧。"

他说："吃过，心脏倒是狂跳了一阵，下面还是只会滑行。"

我在阵阵笑声里走了过去，觉得他们不像是在示威，像是在聚会。我走过市政府前的广场，经过两个公交车站，前面就是盛和路。

那个时刻我走在人生的低谷里。妻子早就离我而去，一年多前父亲患上不治之症，为了给父亲治病，我卖掉房屋，为了照顾病痛中的父亲，我辞去工作，在医院附近买下一个小店铺。后来父亲不辞而别，消失在茫茫人海里。我出让店铺，住进廉价的出租屋，大海捞针似的寻找我的父亲。我走遍这个城市的所有角落，眼睛里挤满老人们的身影，唯独没有父亲的脸庞。

没有了工作，没有了房屋，没有了店铺，我意志消沉。当我发现银行卡上的钱所剩不多时，不得不思索起了以后的生活，我才四十一岁，还有不少时光等待我去打发。我通过一个课外教育的中介公司找到一份家教的工作，我的第一个学生住在盛和路上，我与她的父亲通了电话，电话那端传来沙哑和迟疑的声音，说他女儿叫郑小敏，小学四年级，成绩很好。说他们夫妇两人都在工厂上班，收入不多，承担我每小时五十元的家教费有点困难。他声音里的无奈很像我的无奈，我说每小时三十元吧，他停顿一会儿后连着说了三声谢谢。

我们约好这天下午四点钟第一次上课。我去发廊理了头发，回家刮了胡子，然后穿上干净的衣服，外面是一件棉大衣。我的棉大衣是旧的，里面的衣服也是旧的。

我走到熟悉的盛和路，知道前面什么地方有一家超市，什么地方有星巴克，什么地方有麦当劳，什么地方有肯德基，什么地方有一条服装街，什么地方有几家什么饭馆。

我走过这些地方，眼前突然陌生了，一片杂乱的废墟提醒我，盛和路上三幢陈旧的六层楼房没有了，我要去做家教的那户人家应该在中间这一幢里。

我前几天经过时还看见它们耸立在那里，阳台上晾着衣服，有几条白色的横幅悬挂在三幢楼房上，横幅上面写着黑色的字——“坚决抵制强拆”“抗议暴力拆迁”“誓死捍卫家园”。

我看着这片废墟，一些衣物在钢筋水泥里隐约可见，两辆铲车和两辆卡车停在旁边，还有一辆警车，有四个警察坐在暖和的车里面。

一个身穿红色羽绒服的小女孩孤零零坐在一块水泥板上，断掉的钢筋在水泥板的两侧弯弯曲曲。书包依靠着她的膝盖，课本和作业本摊开在腿上，她低头写着什么。她早晨上学时走出自己的家，下午放学回来时她的家没有了。她没有看见自己的家，也没有看见自己的父母，她坐在废墟上等待父母回来，在寒风里哆嗦地写着作业。

我跨上全是钢筋水泥的废墟，身体摇晃着来到她的身旁，她抬起头看着我，她的脸蛋被寒风吹得通红。

我问她："你不冷吗？"

"我冷。"她说。

我伸手指指不远处的肯德基，我说那里面暖和，可以去那里做作业。

她摇摇头说："爸爸妈妈回来会找不到我的。"

她说完低下头，继续在自己双腿组成的桌子上做作业。我环顾废墟，不知道要去做家教的那户人家在什么位置。

我再次问她："你知道郑小敏的家在哪里？"

"就在这里，"她指指自己坐着的地方说，"我就是郑小敏。"

我看到她惊讶的表情，告诉她我是约好了今天来给她做家教的。她点点头表示知道这件事，茫然地看看四周说：

"爸爸妈妈还没有回来。"

我说："我明天再来吧。"

"明天我们不会在这里。"她提醒我，"你给我爸爸打电话，他知道我们明天在哪里。"

"好的，"我说，"我给他打电话。"

我步履困难地离开这堆破碎的钢筋水泥，听到她在后面说："谢谢老师。"

第一次听到有人叫我老师，我回头看看这个身穿红色羽绒服的小女孩，她坐在那里，让钢筋水泥的废墟也变得柔和了。

我走回到市政府前的广场，已经有两三千人聚集在那里，他们打出横幅，呼喊口号，这时像是在示威了。广场的四周全是警察和警车，警方已经封锁道路，禁止外面的人进入广场。我看见一个示威者站在市政府前的台阶上，他举着扩音器，对着广场上情绪激昂的示威人群反复喊叫着：

"安静！请安静……"

他喊叫了几分钟后，示威人群渐渐安静下来了。他左手举着扩音器，右手挥舞着说：

"我们是来要求公平正义的，我们是和平示威，我们不要做出过激行为，我们不能让他们抓到把柄。"

他停顿了一下，继续说："我要告诉大家，今天上午发生在盛和路的强拆事件，有一对夫妻被埋在废墟里，现在生死不明……"

一辆驶来的面包车停在我身旁，跳下七八个人，他们的上衣口袋鼓鼓囊囊，我看出来里面塞满了石子，他们走到封锁道路的警察前，从裤袋里掏出证件给警察看一下后就长驱直入。我看到他们先是大摇大摆地走过去，随后小跑起来，他们跑到市政府前的台阶上，开始喊叫了：

“砸了市政府……”

他们掏出口袋里的石子砸向市政府的门窗，我听到玻璃破碎的响声从远处传来。警察从四面八方涌进广场，驱散示威的人群。广场上乱成一团，示威者四下逃散，试图和警察对峙的被按倒在地。那七八个砸了市政府门窗的人一路小跑过来，他们向站在我前面的两个警察点点头后跳上面包车，面包车疾驶而去时，我看清这是一辆没有牌照的面包车。

晚上的时候，我坐在一家名叫谭家菜的饭馆里。这家饭馆价廉味美，我经常光顾，我的每次光顾只是吃一碗便宜的面条。我用饭馆收银台上面的电话给郑小敏父亲的手机打了几个电话，对方始终没有接听，只有嘟嘟的回铃音。

电视里正在报道下午发生的示威事件。电视里说少数人在市政府广场前聚众闹事，打砸市政府，煽动不明真相的群众，警方依法拘留了十九个涉嫌危害公共安全的人，事态已经平息。电视没有播放画面，只是一男一女两个新闻主播在说话。一段广告之后，电视里出现了市政府新闻发言人西装革履的模样，他坐在沙发里接受电视台记者的采访，记者问一句，他答一句，两个人都是在重复刚才新闻主播说过的话。然后记者问他盛和路拆迁中是否有一对夫妻被埋在废墟里，他矢口否认，说完全是谣言，造谣者已被依法拘留。接下去这位新闻发言人历数市政府这几年来在民生建设方面的卓越成就。

坐在旁边桌子的一个正在喝酒的男子大声喊叫："服务员，换台。"

一个服务员拿着摇控器走过来换台，新闻发言人没了，一场足球比赛占据了电视画面。

这个男子扭过头来对我说："他们说的话，我连标点符号都不信。"

我微微一笑，低头继续吃着面条。在我父亲病重的时候，我曾经搀扶他来过这里，我们坐在楼下的角落里，我点了父亲平时爱吃的菜，我父亲吃了几口后就吃不下去了，我劝说他再吃一点，他顺从地点点头，艰难地再吃几口，接着就呕吐了。我歉意地向服务员要了餐巾纸，将父亲留在桌子和地上的呕吐物擦干净，然后搀扶父亲离开，我对饭店的老板说：

"对不起。"

饭店老板轻轻摇摇头说："没关系，欢迎下次再来。"

父亲不辞而别后，我一个人来到这里，还是坐在角落里，伤感地吃着面条。这位老板走过来，在我对面坐下，询问我父亲的情况，他竟然记住了我们。那一次我情绪失控，讲述了我的身世，说父亲得了绝症后为了不拖累我，独自一人走了。他什么话也没说，只是同情地看着我。

后来我每次来到这里，吃完一碗便宜的面条后，他都会送我一个果盘，坐下来和我说话。

这位老板名叫谭家鑫，夫妻两人和女儿女婿共同经营这家饭店，楼上是包间，楼下是散座。他们来自广东，他有时会对我感叹，他们一家人在这个城市里人生地不熟，没有关系网，生意很难做。我看到他的饭店里人来人往生意兴隆，以为他每天挣钱不少，可是他整日愁眉不展。有一次他对我说，公安的、消防的、卫生的、工商的、税务的时常来这里大吃大喝，吃完后不付钱，只是记在账上，到了年底的时候让一些民营公司来替他们结账。他说刚开始还好，百分之七八十的欠账还能结清，这几年经济不景气，很多公司倒闭了，来替他们结账的公司越来越少，他们还是照样来大吃大喝。他说，他的饭店看上去生意不错，其实已经入不敷出。他说，政府部门里的人谁都不敢得罪。

我吃完面条的时候，有人换台了，电视画面再次出现下午示威事件的报道。电视台的一位女记者在街上采访了几位行人，这几位行人都表示反对这种打砸市政府的暴力行为。然后一位教授出现在电视画面上，他是我曾经就读过的大学的法律系教授，他侃侃而谈，先是指责下午发生的暴力事件，此后说了一堆民众应该相信政府理解政府支持政府的话。

谭家菜的老板谭家鑫走过来送我一个果盘，他说：

“你有些日子没来了。”

我点点头。可能是我神色暗淡，他没有像往常那样坐下来和我说话，将果盘放下后转身离去。

我慢慢地吃着削成片状的水果，拿起一张当天的报纸，这是别人留在桌子上的。我随手翻了几页后，报纸上的一张大幅照片抓住了我的眼睛，这是一位仍然美丽的女人的半身像，她的眼睛在报纸上看着我，我在心里叫出她的名字——李青。

然后我看到报纸上的标题，这位名叫李青的女富豪昨天在家中的浴缸里割腕自杀。她卷入某位高官的腐败案，报纸上说她是这位高官的情妇，纪检人员前往她家，准备把她带走协助调查时，发现她自杀了。报纸上的文字黑压压地如同布满弹孔的墙壁堵住我的眼睛，我艰难地读着这些千疮百孔般的文字，有些字突然不认识了。

这时候饭店的厨房起火了，浓烟滚滚而出，在楼下吃饭的人发出了惊慌的叫声，我抬起头来，看着他们一个个拔腿往外跑去。谭家鑫堵在门口，大声喊叫着要顾客先付钱，几个顾客推开他逃到外面。谭家鑫还在喊叫，他的妻子和女儿女婿跑过去堵在门口，还有几个服务员也过去堵在那里。顾客和他们推搡起来，好像还有叫骂声。我低下头继续读着那些黑压压的文字，饭店里声响越来越大，我再次抬起头，看到楼上包间里的人也在跑下来，谭家鑫一家人堵住门口，继续大声喊叫着要顾客付钱。没有人付钱，他们撞开谭家鑫一家人仓皇逃到街上。有几个顾客搬起椅子砸开窗户跳窗而逃，接下去饭店的服务员也一个个跳窗而逃了。

我没有在意饭店里乱糟糟的场景，继续读着报纸上的文章，只是不断地抬头看一看，后来是烟雾让我看不清报纸上的黑字，我揉起了眼睛，看着几个穿着工商制服或者是税务制服的人从楼上包间里跑下来，他们穿过一片狼藉的大厅，喝斥堵在门口的谭家鑫一家人，谭家鑫迟疑之后，给他们让出一条路，他们骂骂咧咧地逃到大街上。

谭家鑫一家人继续堵在门口，我看到谭家鑫的眼睛在烟雾里瞪着我，他好像在对我喊叫什么，随即是一声轰然巨响。

我来到了记忆之路的尽头，不管如何努力回想，在此之后没有任何情景，蛛丝马迹也没有。谭家鑫的眼睛瞪着我，以及随后的一声轰然巨响，这就是我能够寻找到的最后情景。

在这个最后的情景里，我的身心沦陷在这个名叫李青的女人的自杀里，她是我曾经的妻子，是我的一段美好又心酸的记忆。我的悲伤还来不及出发，就已经到站下车。

雪花还在飘落，浓雾还没散去，我仍然在行走。我在疲惫里越走越深，我想坐下来，然后就坐下了。我不知道是坐在椅子里，还是坐在石头上。我的身体摇摇晃晃坐在那里，像是超重的货船坐在波动的水面上。

一个双目失明的死者手里拿着一根拐杖，敲击着虚无缥缈的地面走过来，走到我跟前站住脚，自言自语说这里坐着一个人。我说是的，这里是坐着一个人。他问我去殡仪馆怎么走，我问他有没有预约号。他拿出一张纸条给我看，上面印有A52。我说他可能走错方向了，应该转身往回走。他问我纸条上写着什么，我说是A52。他问是什么意思，我说到了殡仪馆要叫号的，你的号是A52。他点点头转身走去，拐杖敲击着没有回声的地面远去之后，我怀疑给这个双目失明的死者指错了方向，因为我自己正在迷失之中。

第二天

一个陌生女人的声音在呼唤我的名字："杨飞——"

呼唤仿佛飞越很远的路途，来到我这里时被拉长了，然后像叹息一样掉落下去。我环顾四周，分辨不清呼唤来自哪个方向，只是感到呼唤折断似的一截一截飞越而来。

"——杨飞——杨飞——"

我似乎是在昨天坐下的地方醒来，这是正在腐朽中的木头长椅，我坐在上面，有一种摇摇欲坠的感觉，过了一会儿长椅如石头般安稳了。雨水在飞扬的雪花中纷纷下坠，椭圆形状的水珠破裂后弹射出更多的水珠，有的继续下坠，有的消失在雪花上。

我看见那幢让我亲切的陈旧楼房在雨雪的后面时隐时现，楼房里有一套一居室记录过我和李青的身影和声息。冥冥之中我来到这里，坐在死去一般寂静的长椅里，雨水和雪花的下坠和飘落也是死去一般寂静。我坐在这寂静之中，感到昏昏欲睡，再次闭上眼睛。然后看见了美丽聪明的李青，看见了我们昙花一现的爱情和昙花一现的婚姻。那个世界正在离去，那个世界里的往事在一辆驶来的公交车上，我第一次见到李青的情景姗姗而来。

我的身体和其他乘客的身体挤在一起摇摇晃晃，坐在我身前的一个乘客起身下车，我侧身准备坐下之时，一个身影迅速占据了应该属于我的座位。我惊讶这个身影捕捉机会的速度，随即看见她美丽的容貌，那种让人为之一惊的美丽。她的脸微微仰起，车上男人的目光在她脸上流连忘返，可是她的表情旁若无人，似乎正在想着什么。我心想她抢占了我的座位，却没有看我一眼。不过我很愉快，在拥挤嘈杂的路途上可以不时欣赏一下她白皙的肤色和精美的五官。大约五站路程过去后我挤向车门，公交车停下车门打开，下车的人挤成一团，我像是被公交车倒出去那样下了车。我走在人行道上时，感觉一阵轻风掠过，是她快步从我身旁超过。我在后面看着她扬动的衣裙，她走去的步伐和甩动的手臂幅度很大，可是飘逸迷人。我跟着她走进一幢写字楼，她快步走进电梯，我没有赶上电梯，电梯门合上时我看着她的眼睛，她的眼睛看着电梯外面，却没有看我。

我发现和她是在同一家公司工作，那时候我刚刚参加工作。我是公司里一个不起眼的员工，她是明星，有着引人瞩目的美丽和聪明。公司总裁经常带着她出席洽谈生意的晚宴，她经历了很多商业谈判。那些商业谈判晚宴的主要话题是谈论女人，生意上的事只是顺便提及。她发现谈论女人能够让这些成功男人情投意合，几小时前还是刚刚认识，几小时后已成莫逆之交，生意方面的合作往往因此水到渠成。据说她在酒桌上落落大方巧妙周旋，让那些打她主意的成功男人被拒绝了还在乐呵呵傻笑，而且她酒量惊人，能够不断干杯让那些客户一个个醉倒在桌子底下，那些烂醉如泥的客户喜欢再次被李青灌得烂醉如泥，他们在电话里预约下一次晚宴时会叮嘱我们的总裁：

“别忘了把李青带来。”

公司里的姑娘嫉妒她，中午的时候她们常常三五成群聚在窗前吃着午餐，悄声议论她不断失败的恋爱。她的恋爱对象都是市里领导们的儿子，他们像接力棒一样传递出这部真假难辨的恋爱史。她有时从这些嚼舌根的姑娘跟前走过，知道她们正在说着她如何被那些领导儿子们蹬掉的传言，她仍然向她们送去若无其事的微笑，她们的闲言碎语对于她只是无须打伞的稀疏雨点。她心高气傲，事实是她拒绝了他们，不是他们蹬掉了她。她从来不向别人说明这些，因为她在公司里没有一个朋友，表面上她和公司里所有的人关系友好，可是心底里她始终独自一人。

很多男子追求她，送鲜花送礼物，有时候会同时送来几份，她都是以微笑的方式彬彬有礼抵挡回去。我们公司里的一个锲而不舍，送鲜花送礼物送了一年多都被她退回后，竟然以破釜沉舟的方式求爱了。在一个下班的时间里，公司里的人陆续走向电梯，他手捧一束玫瑰当众向她跪下。这个突然出现的情景让我们瞠目结舌，就在大家反应过来为他的勇敢举动欢呼鼓掌时，她微笑地对他说：

“求爱时下跪，结婚后就会经常下跪。”

他说：“我愿意为你下跪一辈子。”

“好吧，”她说，“你在这里下跪一辈子，我一辈子不结婚。”

她说着绕过下跪的他走进电梯，电梯门合上时她微笑地看着外面，那一刻她的眼睛看到了我。她看见我不安的眼神，她的冷酷，也许应该是冷静，让我有些不寒而栗。

欢呼和掌声不合时宜了，渐渐平息下来。下跪的求爱者尴尬地看了看我们，他不知道应该继续跪着，还是赶紧起身走人。我听到一些奇怪的笑声，几个女的掩嘴而笑，几个男的互相看着笑出嘿嘿的声音，他们走进电梯，电梯门合上后里面一阵大笑，大笑的声音和电梯一起下降，下降的笑声里还有咳嗽的声音。

我是最后一个离开的，当时他还跪在那里，我想和他说几句话，可是不知道应该说些什么。他看看我，脸上挂着苦笑，好像要说些什么，结果什么也没说。他低下头，把那束玫瑰放在地上，紧挨着自己的膝盖。我觉得不应该继续站在那里，走进空无一人的电梯，电梯下降时我的心情也在下降。

他第二天没来公司上班，所以公司里笑声朗朗，全是有关他下跪求爱的话题，男男女女都说他们来上班时充满好奇，电梯门打开时想看看他是否仍然跪在那里。他没有跪在那里让不少人感到惋惜，似乎生活一下子失去不少乐趣。下午的时候他辞职了，来到公司楼下，给他熟悉的一位同事打了一个电话，这位同事拿着电话说：

“我正忙着呢。”

这位放下电话后，挥舞双手大声告诉大家：“他辞职了，他都不敢上来，要我帮忙整理他的物品送下去。”

一阵笑声之后，另一位同事接到他的电话，这一位大声说：“我在忙，你自己上来吧。”

这一位放下电话还没说是他打来的，笑声再次轰然响起。我迟疑一下后站了起来，走到他的办公桌那里，先将桌上的东西归类，再将抽屉里的物品取出来放在桌上，然后去找来一个纸箱，将他的东西全部装进去。这期间他给第三位同事打电话，我听到第三位在电话里告诉他：

“杨飞在整理你的东西。”

我搬着纸箱走出写字楼，他就站在那里，一副疲惫不堪的模样，我把纸箱递给他，他没有正眼看我，接过纸箱说了一声谢谢，转身离去。我看着他低头穿过马路，消失在陌生的人流里，心里涌上一股难言的情绪，他在公司工作五年，可是对他来说公司里的同事与大街上的陌生人没有什么两样。

我回到自己的办公桌坐下后，有几个人走过来打听他说了什么，他是什么表情。我没有抬头，看着电脑屏幕简单地说：

“他接过纸箱就走了。”

这一天，我们这个一千多平米的办公区域洋溢着欢乐的情绪，我来到这里两年多了，第一次有这么多人同时高兴，他们回忆他昨天下跪的情景，又说起他以前的某些可笑事情，说他曾经在一个公园散步时遭遇抢劫，两个歹徒光天化日之下走到他面前，问他附近有警察吗，他说没有。歹徒再问他，真的没有？他说，肯定没有。然后两把刀子架在他的脖子上，要他把钱包交出来……他们哈哈笑个不停，大概只有我一个人没有笑，后来我注意力集中在自己的工作里，不想去听他们的说话。有两次因为文件要复印，我起身时与她的目光不期而遇，她就坐在我的斜对面，我立刻扭过头去，此后不再向那里看去。后来有几个男的走到她面前，讨好地说：

“不管怎样，为你下跪还是值得的。”

我听到她刻薄的回答：“你们也想试试。”

在一片哄笑里，那几个男的连声说：“不敢，不敢……”

那一刻我轻轻笑了，她说话从来都是友好的，第一次听到她的刻薄言辞，我觉得很愉快。

公司的年轻人里面，我可能是唯一没有追求过她的，虽然心里有时也会冲动，我知道这是暗恋，可是自卑让我觉得这是不可能发生的事情。我们的办公桌相距很近，我从来没有主动去和她说话，只是愉快地感受着她就在近旁的身影和声息，这是隐藏在心里的愉快，没有人会知道，她也不会知道。她在公关部，我在营销部，她偶尔会走过来问我几个工作上的问题，我以正常的目光注视她，认真听完她的话，做出自己的回答。我很享受这样的时刻，可以大大方方欣赏她的美丽容貌。自从她用近乎冷酷的方式对待那位下跪的求爱者之后，不知为何我不敢再看她的眼睛。可是她经常走过来问我工作上的事，比过去明显增多，每次我都是低着头回答。

几天后我下班晚了一点，她刚好从楼上管理层的办公区域乘电梯下来，电梯门打开后我看见她一个人在里面，正在犹豫是否应该进去，她按住开门键说：

"进来呀。"

我走进电梯，这是第一次和她单独在一起，她问我："他怎么样？"

我先是一愣，接着明白她是在问那个下跪求爱者，我说："他看上去很累，可能在街上走了一夜。"

我听到她的深呼吸，她说："他这样做太让我尴尬了。"

我说："他也让自己尴尬。"

我看着电梯下降时一个一个闪亮的楼层数字。

她突然问我："你是不是觉得我有点冷酷？"

我是觉得她有点冷酷，可是她声音里的孤独让我突然难过起来。我说：“我觉得你很孤独，你好像没有朋友。”

说完这话我的眼睛湿润了。我不会在深夜时刻想到她，因为我一直告诫自己，她是一个和我没有关系的人，可是那一刻我突然为她难过了。她的手伸过来碰了碰我的手臂，我低头看到她递给我一包纸巾，抽出一张后还给她时没有看她。

此后的日子我们像以前一样，各自上班和下班，她会经常走过来问我一些工作上的事情，我仍然用正常的目光注视她，听她说话，回答她的问题。除此之外，我们没有其他的交往。虽然早晨上班在公司相遇时，她的眼睛里会闪现一丝欣喜的神色，可是电梯里的小小经历没有让我想入非非，我只是觉得这个经历让我们成为关系密切的同事。想到上班时可以见到她，我已经心满意足，一点也没有意识到她开始钟情于我。

那个时候的姑娘们都以嫁给领导的儿子为荣，她是一个例外，她一眼就能看出那几个纨绔子弟是不能终身相伴的。她在跟随公司总裁出席的商业晚宴上，见识了不少成功男人背着妻子追求别的女人时的殷勤言行，可能是这样的经历决定了她当时的择偶标准，就是寻找一个忠诚可靠的男人，我碰巧是这样的人。

我在情感上的愚钝就像是门窗紧闭的屋子，虽然爱情的脚步在屋前走过去又走过来，我也听到了，可是我觉得那是路过的脚步，那是走向别人的脚步。直到有一天，这个脚步停留在这里，然后门铃响了。

那是一个春天的傍晚，公司里空空荡荡，我因为有些事没有做完正在加班工作，她走了过来。我听到高跟鞋敲打大理石地面的声音来到我的身旁，我抬起头来时看到她的微笑。

“很奇怪，”她说，“我昨晚梦见和你结婚了。”

我目瞪口呆，这怎么可能呢？我当时一句话也说不出来，她看着我，若有所思地说：

“真是奇怪。”

她说着转身离去，高跟鞋敲打地面的声音就像我的心跳一样咚咚直响，高跟鞋的声音消失后，我的心跳还在咚咚响着。

我想入非非了，接下去的几天里魂不守舍，夜深人静之时一遍遍回想她说这话时的表情和语气，小心翼翼地猜想，她是否对我有意？日有所想夜有所思，有一天晚上我梦见和她结婚了，不是热闹的婚礼场景，而是我们两个人手拉手去街道办事处登记结婚的情景。第二天在公司见到她的时候，我突然面红耳赤。她敏锐地发现这一点，趁着身旁没人的时候，她问我：

“为什么见到我脸红？”

她的目光咄咄逼人，我躲开她的眼睛，胆战心惊地说：“我昨晚梦见和你去登记结婚。”

她莞尔一笑，轻声说：“下班后在公司对面的街上等我。”

这是如此漫长的一天，几乎和我的青春岁月一样长。我工作时思维涣散，与同事说话时答非所问，墙上的时钟似乎越走越慢，让我感到呼吸越来越困难。我苦苦熬过这拖拖拉拉的时间，终于等到了下班，可是当我站在公司对面的街上时，仍然呼吸困难，不知道她是在加班工作还是在故意拖延时间考验我，我一直等到天黑，才看见她出现在公司的大门口，她在台阶上停留片刻，四处张望，看到我以后跑下台阶，躲避着来往的汽车横穿马路跑到我面前，她笑着说：

“饿了吧？我请你吃饭。”

说完她亲热地挽住我的手臂往前走去，仿佛我们不是初次约会，而是恋爱已久。我先是一惊，接着马上被幸福淹没了。

接下去的几天里，我时常询问自己，这是真的，还是幻觉？我们约好每天早晨在一个公交车站见面，然后一起坐车去公司。我总是提前一个多小时站在那里，她没有出现的时候我会忐忑不安，看见她甩动手臂快步向我走来的飘逸迷人身姿后，我才安心了，确定这不是幻觉，这是真的。

我们一起上班一起下班，十来天过去，公司里的同事没有注意到我们正在恋爱，他们可能和此前的我一样，认为这是不可能发生的事。有时下班后我的工作做完，她的还没有做完，我就坐在自己的座位上等她。

有同事走过时问我：“怎么还不走？”

我说：“我在等李青。”

我看见这位同事脸上神秘的笑容，似乎在笑我即将重蹈他人覆辙。另外的时候她的工作做完了，我的还没有做完，她就坐到我身旁来。

走过的同事表情不一样了，满脸惊讶地问她："怎么还不走？"

她回答："我在等他。"

我们恋爱的消息在公司里沸沸扬扬，男的百思不解，认为李青看不上市里领导的儿子看上我是丢了西瓜捡芝麻。他们觉得自己一点也不比我差，为此有些愤愤不平，私下里说，鲜花插在牛粪上是真的，癞蛤蟆吃到天鹅肉也是真的。女的幸灾乐祸，她们见到我时笑得意味深长，然后互相忠告，找对象不要太挑剔，差不多就行了，看看人家李青，挑来挑去结果挑了一个便宜货。

我们沉浸在自己的爱情里，那些针对我们的议论，用她的话说只是风吹草动。她也有气愤的时候，当她知道他们说我是牛粪、癞蛤蟆和便宜货时，她说粗话了，说他们是在放屁。

她凝视我的脸说："你很帅。"

我自卑地说："我确实是便宜货。"

"不，"她说，"你善良，忠诚，可靠。"

我们手拉手走在夜色里的街道上，然后长时间坐在公园僻静之处的椅子上，她累了就会把头靠在我肩上，我伸手搂住她的肩膀。就是在那里，我第一次吻了她，她第一次吻了我。后来我们经常坐在她租住的小屋里，她向我敞开自己柔弱的一面，讲述跟随公司总裁参加各个洽谈生意晚宴时的艰难，那些成功男人好色的眼神和下流的言辞，她心里厌恶他们，仍然笑脸相迎与他们不断干杯，然后去卫生间呕吐，呕吐之后继续与他们干杯。她与市里领导儿子的恋爱只是传言，她只见过三个，都是公司总裁介绍的，那三个有着不同的公子哥派头，第一个说话趾高气扬，第二个总是阴阳怪气看着她，第三个刚见面就对她动手动脚，她微笑着抵抗他，他说你别装了。她的父母远在异乡，她在遭遇各式各样的委屈之后就会给他们打电话，她想哭诉，可是电话接通后她强作欢笑，告诉父母她一切都很好，让他们放心。

她的讲述让我心疼，我双手捧住她的脸，亲吻她的眼睛，把她弄得痒痒的，她笑了。她说很早就注意到我，发现我是一个勤奋工作的人，而一个游手好闲的同事总是将我的业绩据为己有，拿去向上面汇报，我却从不与他计较。我告诉她，有几次我确实很生气，要去质问他，可是话到嘴边又说不出来。

我说："有时我也恨自己的软弱。"

她爱怜地摸着我的脸说："你不会对我很强硬吧？"

"绝对不会。"

她继续说，当公司里的年轻男人以不同的方式追求她时，我似乎对她无动于衷，她有些好奇，就过来询问一些工作上的事，观察我的眼睛，可是我的眼神和公司里其他男人看着她的眼神不一样，只是单纯的友好眼神。后来发生的那个下跪求爱者的事情让她对我有了好感，她悄悄看着我在大家的哄笑声里替那个人整理物品送了下去。她停顿了一下，声音很轻地说自己在外面越是风头十足，晚上回到租住的小屋越是寂寞孤单，那个时刻她很想有一个相爱的人陪伴在身旁。当我和她在电梯里短暂相处，我眼睛湿润的那一刻，她突然感受到被人心疼的温暖，后来的几天里她越来越觉得我就是那个可以陪伴在身旁的人。

然后她轻轻捏住我的鼻子，问我："为什么不追我？"

我说："我没有这个野心。"

一年以后，我们结婚了。我父亲的宿舍太小，我们租了那套一居室的房子作为新房。我父亲喜气洋洋，因为我娶了这么一个漂亮聪明的姑娘。她对我父亲也很好，周末的时候接他过来住上一天，每次都是我们两个人去接，挤上公交车以后她总能敏捷地为我父亲抢到一个座位，这让我想起第一次见到她的情景，我笑了，但是从来没有告诉她这个。春节的时候，我们坐上火车去看望她的父母，她父母都是一家国营工厂里的工人，他们朴实善良，很高兴女儿嫁给一个可靠踏实的男人。

我们婚后的生活平静美好，只是她仍然要跟随公司总裁出去应酬，天黑之后我独自在家等候，她常常很晚回家，疲惫不堪地开门进屋，满身酒气地张开双臂要我抱住她，将头靠在我的胸前休息一会儿才躺到床上去。她厌倦这些应酬，可是又不能推掉应酬，那时她已是公关部的副经理。她看不上这个副经理的职位，用她的话说只是陪人喝酒的副经理。她曾经对我说过，美丽是女人的通行证,可是这张通行证一直在给公司使用,自己一次也没有用过。

我们在自己生活的轨道上稳步前行了两年多，开始计划买一套属于自己的房子，同时决定要一个孩子，她觉得有了孩子也就有了推掉那些应酬的理由。她为此停止服用避孕药，可是这时候我们前行的轨道上出现了障碍物。一次出差的经历让她真正意识到自己是什么样的人，也意识到我是什么样的人。她是一个能够改变自己命运的人，而我只会在自己的命运里随波逐流。

她坐在飞机上，身旁是一个从美国留学归来的博士，这个男人刚刚自己创业，比她大十岁，有妻子有孩子，两个多小时的飞行期间，他满怀激情地向她描述了自己事业的远大前程。我想是她的美貌吸引了他，所以他滔滔不绝地说了那么多话。她跟随我们公司的总裁参加过很多商业谈判的晚宴，这样的经验让她可以提出不少有益的建议。他在迷恋她的美貌之后，开始惊叹她的细致和敏锐，在飞机上就向她发出邀请：

“和我一起干吧。”

下了飞机,他没有住到自己预订的宾馆,而是搬到她住的宾馆,表示要继续向她请教，他的理由冠冕堂皇，可是我觉得他更多的仍然是贪图她的美色。白天两个人分别工作，晚上坐在宾馆的酒吧里讨论他创业中遇到的困难，她继续给他提供建议。她不仅为他的事业提供新的设想，还告诉他在中国做事的很多规矩，比如如何和政府部门里的官员打交道，如何给他们一些好处。他在美国留学生活很多年，不太了解中国现实中的诸多潜规则。两个人分手时，他再次提出和她一起干的愿望。她笑而不答，给他留下家里的电话号码。

那个时候她心里出现了变化。我们公司的总裁只是认为她漂亮聪明，并不知道她的才干和野心，她觉得飞机上相遇的这个男人能够真正了解自己。

她回家后重新服用避孕药，她说暂时不想要孩子。然后每个晚上都有电话打进来，她拿着电话与他交谈，有时候一个多小时，有时候两三个小时。刚开始常常是我去接电话，后来电话铃声响起后我不再去接。她在电话里说的都是他公司业务上的事，他询问她，她思考后回答他。后来她拿着电话听他说话，自己却很少说话。她放下电话就会陷入沉思，片刻后才意识到我坐在一旁，努力让自己微笑一下。我预感到他们之间谈话的内容发生了变化，我什么都不说，但是心里涌上了阵阵悲哀。

半年后他来到我们这个城市，那时候他已经办好离婚手续。她吃过晚饭去了他所住的宾馆，她出门前告诉我，是去他那里。我在沙发上坐了一个晚上，脑子里一片空白，里面的思维似乎死去了。天亮的时候她才回家，以为我睡着了，小心翼翼地开门，看到我坐在沙发上，她不由怔了一下，随后有些胆怯地走过来，在我身旁坐下。

她从来都是那么地自信，我这是第一次见到她的胆怯。她不安地低着头，声音发颤地告诉我，那个人离婚了，是为她离婚的，她觉得自己应该和他在一起，因为她和他志同道合。我没有说话。她再次说他是为她离婚的，我听到了强调的语气，我心想任何一个男人都愿意为她离婚。我仍然没有说话，但是知道自己已经失去她了。我明白她和我在一起只能过安逸平庸的生活，和他在一起可以开创一番事业。其实半年前我就隐约预感她会离我而去，半年来这样的预感越来越强烈，那一刻预感成为了事实。

她深深吸了一口气，对我说："我们离婚吧。"

"好吧。"我说。

我说完忍不住流下眼泪，虽然我不愿意和她分手，可是我没有能力留住她。她抬起头来看到我在哭泣，她也哭了，她用手抹着眼泪说：

"对不起，对不起……"

我擦着眼睛说："不要说对不起。"

这天上午，我们两个像往常那样一起去了公司。我请了一天的事假，她递交了辞职报告，然后我们去街道办事处办理了离婚手续。她先回家整理行李，我去银行把我们两个人共同的存款全部取了出来，有六万多元，这是准备买房的钱。回家后我把钱交给她，她迟疑一下，只拿了两万元。我摇摇头，要她把钱都拿走。她说两万元足够了。我说这样我会担心的。她低着头说我不用担心，我应该知道她的能力，她会应付好一切的。她把两万元放进提包里，剩下的四万多元放在桌子上。然后她深情地注视起我们共同生活的屋子，她对屋子说：

“我要走了。”

我帮助她收拾衣物，装满了两个大行李箱。我提着两个箱子送她到楼下的街道上，我知道她会先去他所住的宾馆，然后他们两个一起去机场，我为她叫了一辆出租车，把两个箱子放进后备箱。分别的时刻来到了，我向她挥了挥手，她上来紧紧抱住我，对我说：

“我仍然爱你。”

我说：“我永远爱你。”

她哭了，她说：“我会给你写信打电话。”

“不要写信也不要打电话，”我说，“我会难受的。”

她坐进出租车，出租车驶去时她没有看我，而是擦着自己的眼泪。她就这样走了，走上她命中注定的人生道路。

我的突然离婚对我父亲是一个晴天霹雳，他一脸惊吓地看着我，我简单地告诉他我们离婚的原因。我说和她结婚本来就是一场误会，因为我配不上她。我父亲连连摇头，不能接受我的话。他伤心地说：

“我一直以为她是一个好姑娘，我看错人了。”

我父亲的同事郝强生和李月珍夫妇，一直以来把我当成他们自己的孩子，他们知道这个消息也是同样震惊。郝强生一口咬定那个男的是个骗子，以后会一脚把她蹬了，说她不知好歹，说她以后肯定会后悔的。李月珍曾经是那么地喜欢她，说她聪明、漂亮、善解人意，现在认定她是一个势利眼，然后感叹在这个笑贫不笑娼的社会里，势利的女人越来越多。李月珍安慰我，说这世上比她好的姑娘有的是，说她手里就有一把。李月珍给我介绍了不少姑娘，都没有成功。原因主要在我这里，我和她共同生活的日子里，她悄无声息地改造了我，她在我心里举世无双。在和那些姑娘约会的时候，我总是忍不住将她们和她比较，然后在失望里不能自拔。

后来的岁月里，我有时候会在电视上看到她接受采访，有时候会在报纸和杂志上看到有关她的报道。她让我既熟悉又陌生，熟悉的是她的笑容和举止，陌生的是她说话的内容和语调。我感到她似乎是那家公司的主角，她的丈夫只是配角。我为她高兴，电视和报纸杂志上的她仍然是那么美丽，这张通行证终于是她自己在使用了。然后我为自己哀伤，她和我一起生活的三年，是她人生中的一段歪路，她离开我以后才算走上了正路。

在消失般的幽静里，我再次听到那个陌生女人的呼唤声："杨飞——"

我睁开眼睛环顾四周，雨雪稀少了，一个很像是李青的女人从左边向我走来，她身穿一件睡袍，走来时睡袍往下滴着水珠。她走到我面前，仔细看了一会儿我的脸，又仔细看了一会儿我身上的睡衣，她看见已经褪色的“李青”两字。然后询问似的叫了一声：

“杨飞？”

我觉得她就是李青，可是她的声音为何如此陌生？我坐在长椅里无声地看着她，她脸上出现奇怪的神色，她说：

“你穿着杨飞的睡衣，你是谁？”

“我是杨飞。”我说。

她疑惑地望着我离奇的脸，她说：“你不像是杨飞。”

我伸手摸了摸自己的脸，左眼在颧骨那里，鼻子在鼻子的旁边，下巴在下巴的下面。

我说：“我忘记整容了。”

她的双手伸过来，小心翼翼地把我掉在外面的眼珠放回眼眶里，把我横在旁边的鼻子移到原来的位置，把我挂在下面的下巴咔嚓一声推了上去。

然后她后退一步仔细看着我，她说：“你现在像杨飞了。”

“我就是杨飞，”我说，“你像李青。”

“我就是李青。”

我们同时微笑了，熟悉的笑容让我们彼此相认。

我说：“你是李青。”

她说：“你确实是杨飞。”

我说：“你的声音变了。”

“你的声音也变了。”她说。

我们互相看着。

“你现在的声音像是一个我不认识的人。”我说。

“你的声音也像是一个陌生人。”她说。

“真是奇怪，”我说，“我是那么熟悉你的声音，甚至熟悉你的呼吸。”

“我也觉得奇怪，我应该熟悉你的声音……”她停顿一下后笑了，“也熟悉你的呼噜。”

她的身体倾斜过来，她的手抚摸起我的睡衣，摸到了领子这里。

她说：“领子还没有磨破。”

我说：“你走后我没有穿过。”

“现在穿上了？”

“现在是殓衣。”

“殓衣？”她有些不解。

我问她：“你那件呢？”

“我也没再穿过，”她说，“不知道放在哪里。”

“你不应该再穿。”我说，“上面绣有我的名字。”

“是的，”她说，“我和他结婚了。”

我点点头。

“我有点后悔，”她脸上出现了调皮的笑容，她说，“我应该穿上它，看看他是什么反应。”

然后她忧伤起来，她说：“杨飞，我是来向你告别的。”

我看到她身上的睡袍还在滴着水珠，问她：“你就是穿着这件睡袍躺在浴缸里的？”

她眼睛里闪烁出了我熟悉的神色，她问：“你知道我的事？”

“我知道。”

“什么时候知道的？”

“昨天，”我想了一下，“可能是前天。”

她仔细看着我，意识到了什么，她说：“你也死了？”

“是的，”我说，“我死了。”

她忧伤地看着我，我也忧伤地看着她。

“你的眼神像是在悼念我。”她说。

“我也有这样的感觉，”我说，“我们好像同时在悼念对方。”

她迷惘地环顾四周，问我：“这是什么地方？”

我指指雨雪后面的那幢朦胧显现的陈旧楼房，她定睛看了一会儿，想起来曾经记录过我们点滴生活的那套一居室。

她问我：“你还住在那里？”

我摇摇头说：“你走后我就搬出去了。”

“搬到你父亲那里？”

我点点头。

“我知道为什么走到这里。”她笑了。

“在冥冥之中，”我说，“我们不约而同来到这里。”

“现在谁住在那套房子里？”

“不知道。”

她的眼睛离开那幢楼房，双手裹紧还在滴水的睡袍说：“我累了，我走了很远的路来到这里。”

我说：“我没走很远的路，也觉得很累。”

她的身体再次倾斜过来，坐到长椅上，坐在我的左边。她感觉到了摇摇欲坠，她说：“这椅子像是要塌了。”

我说：“过一会儿就好了。”

她小心翼翼地坐着，身体绷紧了，片刻后她的身体放松下来，她说：“不会塌了。”

我说：“好像坐在一块石头上。”

“是的。”她说。

我们安静地坐在一起，像是坐在睡梦里。似乎过去了很长时间，她的声音苏醒过来。

她问我：“你是怎么过来的？”

“我不知道，”我想起了自己的最后情景，“我在一家餐馆里吃完一碗面条，桌子上有一张报纸，看到关于你的报道，餐馆的厨房好像着火了，很多人往外逃，我没有动，一直在读报纸上你自杀的消息，接着一声很响的爆炸，后来发生的事就不知道了。”

“就是在昨天？”她问。

“也可能是前天。”我说。

“是我害死你的。”她说。

“不是你，”我说，“是那张报纸。”

她的头靠在我的肩膀上：“可以让我靠一下吗？”

我说：“你已经靠在上面了。”

她好像笑了，她的头在我肩上轻微颤动了两下。她看见我左臂上戴着的黑布，伸手抚摸起来。

她问我：“这是为我戴的吗？”

“为我自己戴的。”

“没有人为你戴黑纱？”

“没有。”

“你父亲呢？”

“他走了，一年多前就走了。他病得很重，知道治不好了，为了不拖累我，悄悄走了。我到处去找，没有找到他。”

“他是一个好父亲，他对我也很好。”她说。

“最好的父亲。”我说。

“你妻子呢？”

我没有说话。

“你有孩子吗？”

“没有，”我说，“我后来没再结婚。”

“为什么不结婚？”

“不想结婚。”

“是不是我让你伤心了？”

“不是，”我说，“因为我没再遇到像你这样的女人。”

“对不起。”

她的手一直抚摸我左臂上的黑布，我感受到她的绵绵情意。

我问她：“你有孩子吗？”

“曾经想生一个孩子，”她说，“后来放弃了。”

“为什么？”

“我得了性病，是他传染给我的。”

我感到眼角出现了水珠，是雨水和雪花之外的水珠，我伸出右手去擦掉这些水珠。

她问我：“你哭了？”

“好像是。”

“是为我哭了？”

“可能是。”

“他在外面包二奶，还经常去夜总会找小姐，我得了性病后就和他分居了。”她叹息一声，继续说，“你知道吗？我在夜里会想起你。”

“和他分居以后？”

“是的，”她迟疑一下说，“和别的男人完事以后。”

“你爱上别的男人了？”

“没有爱，”她说，“是一个官员，他完事走后，我就会想起你。”

我苦笑一下。

“你吃醋了？”

“我们很久以前就离婚了。”

“他走后，我一个人躺在床上很长时间想你。”她轻声说，“我们在一起的时候，我经常要去应酬，再晚你也不会睡，一直等我，我回家时很累，要你抱住我，我靠在你身上觉得轻松了……”

我的眼角又出现了水珠，我的右手再去擦掉它们。

她问我：“你想我吗？”

“我一直在努力忘记你。”

“忘记了吗？”

“没有完全忘记。”

“我知道你不会忘记的，”她说，“他可能会完全忘记我。”

我问她：“他现在呢？”

“逃到澳洲去了。”她说，“刚有风声要调查我们公司，他就逃跑了，事先都没告诉我。”

我摇了摇头，我说：“他不像是你的丈夫。”

她轻轻笑了，她说：“我结婚两次，丈夫只有一个，就是你。”

我的右手又举到眼睛上擦了一下。

“你又哭了？”她说。

“我是高兴。”我说。

她说起了自己的最后情景：“我躺在浴缸里，听到来抓我的人在大门外凶狠地踢着大门，喊叫我的名字，跟强盗一样。我看着血在水中像鱼一样游动，慢慢扩散，水变得越来越红……你知道吗？最后那个时刻我一直在想你，在想我们一起生活过的那套很小的房子。”

我说：“所以你来了。”

“是的，”她说，“我走了很远的路。”

她的头离开了我的肩膀，问我：“还住在你父亲那里？”

我说：“那房子卖了，为了筹钱给我父亲治病。”

她问：“现在住在哪里？”

“住在一间出租屋里。”

“带我去你的出租屋。”

“那屋子又小又破，而且很脏。”

“我不在乎。”

“你会不舒服的。”

“我很累，我想在一张床上躺下来。”

“好吧。”

我们同时站了起来，刚才已经稀少的雨雪重新密集地纷纷扬扬了。她挽住我的手臂，仿佛又一次恋爱开始了。我们亲密无间地走在虚无缥缈的路上，不知道走了有多长时间，来到我的出租屋，我开门时，她看见门上贴着两张要我去缴纳水费和电费的纸条，我听到她的叹息，我问她：

“为什么叹气？”

她说：“你还欠了水费和电费。”

我把两张纸条撕下来说：“我已经缴费了。”

我们走进这间杂乱的小屋。她似乎没有注意到屋子的杂乱，在床上躺了下来，我坐在床旁的一把椅子里。她躺下后睡袍敞开了，她和睡袍都是疲惫的模样。她闭上眼睛，身体似乎漂浮在床上。过了一会儿，她的眼睛睁开来。

她问：“你为什么坐着？”

我说：“我在看你。”

“你躺上来。”

“我坐着很好。”

“上来吧。”

“我还是坐着吧。”

“为什么？”

“我有点不好意思。”

她坐了起来，一只手伸向我，我把自己的手给了她，她把我拉到了床上。我们两个并排仰躺在那里，我们手纠缠在一起，我听到她匀称的呼吸声，恍若平静湖面上微波在荡漾。过了一会儿，她轻声说话，我也开始说话。我心里再次涌上奇怪的感觉，我知道自己和一个熟悉的女人躺在一起，可是她说话的陌生声音让我觉得是和一位素不相识的女人躺在一起。我把这样的感觉告诉她，她说她也有这样的奇怪感觉，她正和一个陌生男人躺在一起。

“这样吧，”她的身体转了过来，“让我们互相看着。”

我的身体也转过去看着她，她问我：“现在好些了吗？”

“现在好些了。”我说。

她湿漉漉的手抚摸起了我受伤的脸，她说：“我们分手那天，你把我送上出租车的时候，我抱住你说了一句话，你还记得吗？”

“记得，”我说，“你说你仍然爱我。”

“是这句话。”她点点头，“你也说了一句话。”

“我说我永远爱你。”

她和睡袍一起爬到了我的身上，我有些不知所措，双手举了起来，不敢去抱她。她的嘴巴对准我的耳朵湿漉漉地说：

“我的性病治好了。”

“我不是这个意思。”

“抱住我。”

我的双手抱住了她。

“抚摸我。”

我的双手抚摸起了她的背部、腰部和大腿，我抚摸了她的全身。她的身体湿漉漉的，我的手似乎是在水中抚摸她的身体。

我说：“你比过去胖了。”

她轻轻笑了：“是腰胖了。”

我的手流连忘返地抚摸她，然后是我的身体抚摸起了她的身体，她的身体也抚摸起了我的身体，我们的身体仿佛出现了连接的纽带……我在床上坐了起来，看到她站在床边，正在用手整理自己的头发。

她对我说："你醒来了。"

"我没有睡着。"

"我听到你打呼噜了。"

"我确实没有睡着。"

"好吧，"她说，"你没有睡着。"

她系上了睡袍的腰带，对我说："我要走了，几个朋友为我筹备了盛大的葬礼，我要马上赶回去。"

我点点头，她走到门口，打开屋门时回头看着我，惆怅地说："杨飞，我走了。"

第三天

我游荡在生与死的边境线上。雪是明亮的，雨是暗淡的，我似乎同时行走在早晨和晚上。

我几次走向那间出租屋，昨天我和李青还在那里留下久别重逢的痕迹，今天却无法走近它。我尝试从不同方向走过去，始终不能接近它，我好像行走在静止里，那间出租屋可望不可即。我想起小时候曾经拉着父亲的手，想方设法走到月亮底下，可是走了很长的路，月亮和我们的距离一直没有变化。

这时候两条亮闪闪的铁轨在我脚下生长出来，向前飘扬而去，它们迟疑不决的模样仿佛是两束迷路的光芒。然后，我看见自己出生的情景。

一列火车在黑夜里驶去之后，我降生在两条铁轨之间。我最初的啼哭是在满天星辰之下，而不是在暴风骤雨之间，一个年轻的扳道工听到我的脆弱哭声，沿着铁轨走过来，另一列从远处疾驰而来的火车让铁轨抖动起来，他把我抱到胸口之后，那列火车在我们面前响声隆隆疾驰而去。就这样，在一列火车驶去之后，另一列火车驶来之前，我有了一个父亲。几天以后，我有了自己的名字——杨飞。我的这位父亲名叫杨金彪。

我来到人世间的途径匪夷所思，不是在医院的产房里，也不是在家里，而是在行驶的火车的狭窄厕所里。

四十一年前，我的生母怀胎九月坐上火车，我是她第三个孩子，她前往老家探望我那病危的外婆。火车行驶了十多个小时慢慢进站的时候，她感到腹部出现丝丝疼痛，她没有意识到肚子里的我已经急不可耐，因为我距离正确的出生时间还有二十多天，我前面的哥哥和姐姐都是循规蹈矩出生，她以为我也应该这样，因此她觉得自己只是需要去一趟厕所。

她从卧铺上下来，挺着大肚子摇晃地走向车厢连接处的厕所。火车停靠后，一些旅客背着大包小包上车，让她走向厕所时困难重重，她小心翼翼地从迎面而来的旅客和大包小包里挤了过去。当她进入厕所里，火车缓缓启动了，那时的火车十分简陋，上厕所是要蹲着的，一个宽敞的圆洞可以看见下面闪闪而过的一排排铁路枕木。我的生母没有办法蹲下去，是肚子里的我阻挡了她的这个动作，她只好双腿跪下，也顾不上厕所地面的肮脏，她脱下裤子以后，刚刚一使劲，我就脱颖而出，从厕所的圆洞滑了出去，前行的火车瞬间断开了我和生母联结的脐带。是速度，是我下滑和火车前行的相反速度，拉断了我和生母的联结，我们迅速地彼此失去了。

我的生母因为一阵剧痛趴在那里，片刻后她才感到自己肚子里空了，她惊慌地寻找我，然后意识到我已经从那个圆洞掉了出去。她艰难地支撑起来，打开厕所的门以后，对着外面等候上厕所的一位乘客哭叫起来：

“我的孩子，我的孩子……”

随即又倒下了，那位乘客急忙对着车厢里的人喊叫：“有人晕倒了。”

先是一个女乘务员赶来，接着列车长也赶来了。女乘务员首先发现我生母下身的鲜血，于是列车上发出紧急广播，要求乘客里的医务人员马上赶到十一号车厢。乘客里有两位医生和一位护士赶了过来。我生母躺在车厢通道上，哭泣着断断续续求救，没有人能够听明白她在说些什么，随即她就昏迷过去。他们把她抬到卧铺上，三个医务人员对她实施抢救，火车继续高速前进。

这时候我已在那个年轻扳道工的小屋子里，这位突然成为父亲的年轻人，不知所措地看着浑身紫红啼哭不止的我，我肚子上的一截脐带伴随我的啼哭不停抖动，他还以为我身上长了尾巴。随着我的啼哭越来越微弱，他慢慢意识到我正在饥饿之中。那个时候已是深夜，所有的商店都已关门，那个夜晚没有奶粉了。他焦急之时想起来一位名叫郝强生的扳道工同事的妻子三天前生下一个女孩，他用自己的棉袄裹住我，向着郝强生的家奔跑过去。

郝强生在睡梦里被敲门声惊醒，开门后看到他手里抱着一团东西，听到他焦虑地说：

“奶、奶、奶……”

迷迷糊糊的郝强生一边揉着眼睛一边问：“什么奶？”

他打开棉袄让郝强生看到呜呜啼哭的我，同时将我递给郝强生。郝强生吓了一跳，像是接过一个烫手的山芋一样接过了我，一脸惊讶的神色抱着我走进里面的房间，郝强生的妻子李月珍也被吵醒了，郝强生对她说了一句“是杨金彪的”。李月珍看到浑身紫红的我就知道是刚刚出生的，她把我抱到怀中，拉起上衣后，我就安静下来，吮吸起了来自人世间最初的奶水。

我父亲杨金彪和他的扳道工同事郝强生坐在外面的房间里，那时我父亲只有二十一岁，他擦着脸上的汗水，详细讲述了发现我的经过。郝强生明白过来，说他刚才吓懵了，因为我父亲连女朋友也没有，怎么突然冒出一个孩子来。我父亲像个傻子那样嘿嘿笑了几声，接着担心我可能是一个怪胎，他说我身上长着一根尾巴，而且是长在前面的。

李月珍在里屋给我喂奶时听到外面两个刚刚做了父亲的男人的谈话，当我吃饱喝足呼呼睡去后，她给我穿上她女儿的一套婴儿衣服，这是她自己缝制的，又拿了一沓旧布走到外面的屋子。

我回到了父亲的怀抱。李月珍拿着那沓旧布指导我父亲如何给我更换尿布，告诉他剪些旧衣服做尿布，越旧越好，因为越旧的布越是柔软。最后她指着我肚子上那根东西说：

“这是脐带，你明天到车站医务室让医生给他剪掉，不要自己剪，自己剪怕感染。”

我沿着光芒般的铁轨向前走去，寻找那间铁轨旁边摇摇晃晃的小屋，那里有很多我成长的故事。我的前面是雨雪，雨雪的前面是层层叠叠的高楼，高楼有着星星点点的黑暗窗户。我走向它们时，它们正在后退，我意识到那个世界正在渐渐离去。

我依稀听到父亲的抱怨声，那么遥远，那么亲切，他的抱怨声在我耳边添砖加瓦，像远处的高楼那样层层叠叠，我不由微笑起来。

很长一段时间里，我父亲杨金彪固执地认为我的亲生父母把我遗弃在铁轨上是想让我被车轮碾死，为此他常常自言自语：

“天底下还有这么狠心的父母。”

这个固执的想法让他格外疼爱我。自从我离开铁轨来到他的怀抱以后，就和他形影不离。起初的时候，我在他胸口的布兜里成长，第一个布兜是李月珍缝制的，是蓝色的；后来的布兜是他自己缝制，也是蓝色的。他每天出门上班时，先是将奶粉冲泡后倒入奶瓶，将奶瓶塞进胸口的衣服，贴着跳动的心脏，让自己的体温为奶瓶保温。然后将我放进胸前的布兜，肩上斜挎着一只军用水壶，身后背着两个包裹，一个包裹里面塞满干净的尿布，另一个包裹准备装上涂满我排泄物的尿布。

他在铁道岔口扳道时走来走去，我在他的胸前摇摇晃晃，这是人世间最为美好的摇篮，我婴儿时期的睡眠也是最为甜蜜的，如果没有饥饿的话，我想自己也许永远不会在这个父亲的怀抱里醒来。当我醒来哇哇一哭，他知道我饿了，就会伸手摸出奶瓶，塞进我的嘴巴，我是在吮吸奶瓶和父亲的体温里一天天地成长起来的。后来我饿醒后不再哇哇哭叫，而是伸手去摸他胸前的奶瓶，这个动作让他惊喜不已，他跑去告诉郝强生和李月珍，说我是天底下最聪明的孩子。

我父亲与我的成长默契配合，他知道我什么时候是饿了，什么时候是渴了。我渴了，他就会打开水壶喝上一口，然后嘴对嘴慢慢地将水流到我这里。他向李月珍声称，他能够分辨出我饥饿声音和口渴声音之间的细微区别。李月珍将信将疑，她只能按照时间来判断自己女儿的饥饿和口渴。

他在铁路上行走时，闻到胸前发出一阵臭味时，知道应该给我换尿布了。他就在铁轨旁边蹲下来，把我放在地上，在火车隆隆而过的响声里，用草纸擦干净我的屁股，给我系上干净的尿布。再用铁轨旁的泥土简单清理掉脏尿布上的屎尿，折叠后将它们放进另一个包裹。下班回到家中，把我放到床上后，就用肥皂和自来水清洗脏尿布。

我们的家是距离铁轨二十多米的一间小屋，家门口上上下下晾满了尿布，仿佛是一片片树叶，我们的家就像是一棵张开片片树叶的茂盛树木。

我是在火车隆隆的响声和摇晃震动的小屋里成长起来的，稍微长大一些，就在父亲背上继续成长。父亲胸前的布兜变成了背后的布兜，背后的布兜也在慢慢长大。

我父亲心灵手巧，他学会自己裁缝衣服和织毛衣。他上班时同事们见到他都会忍不住笑出声来，因为他背着我一边行走在铁路上一边织着我的小毛衣，他手指动作已经熟练到不需要眼睛去看。

我学会自己走路以后，我们手拉手了。周末的时候父亲带我去公园游玩，在公园里父亲会安心放开我的手，跟随着我到处乱跑。我和父亲心有灵犀，我们两个走在公园的小路上时，只要父亲的手向我一伸，我不用看就感受到了，我的小手立刻递给他。

回到铁轨旁的小屋后，父亲就会十分警惕，他在屋子里做饭时，我想在屋外玩，他就用一根绳子连接我们两个，一头系在他的脚上，另一头系在我的脚上，我在父亲划定的安全区域里成长。我只能在家门口晃荡，每当我看见火车驶来忍不住向前走去时，就会听到父亲在屋子里警告的喊叫。

“杨飞，回来！”

我寻找的小屋出现了，就在两条铁轨飘扬远去之时。瞬间之前还没有，瞬间之后就有了。我看见年幼的自己，年轻的父亲，还有一位梳着长辫的姑娘，我们三个人从小屋里走出来。我的容貌似曾相识，父亲的容貌记忆犹新，姑娘的容貌模糊不清。

我的童年像笑声一样快乐，我一点也不知道自己正在毁坏父亲的人生。从我降生在铁轨上以后，父亲的生活道路一下子狭窄了。他没有女朋友，婚姻遥不可及。父亲最好的朋友郝强生和李月珍夫妇给他介绍过几个对象，虽然事先将我的来历告诉女方，以此说明他是一个善良可靠的男人。可是那几个姑娘第一次见到他时，他不是在给我换尿布就是在给我织毛衣，这样的情景让她们微笑一会儿后转身离去。

我四岁的时候，一位比我父亲大三岁的长辫姑娘出现了，她没有看见换尿布和织毛衣的情景，看到了一个模样还算可爱的男孩，她伸手抚摸了我的头发和脸，当我叫她一声“阿姨”后，她高兴地把我抱起来，让我坐在她的腿上。她的这些动作，让我父亲心慌意乱地看见了一丝婚姻的曙光。

他们开始约会，我没有参与他们的约会，我被送到郝强生和李月珍夫妇的家中。他们的约会是在天黑之后沿着铁路慢慢走过去，再慢慢走回来。我父亲杨金彪是个内向害羞的人，他一声不吭地陪着这位姑娘走过去和走回来，时常是这位姑娘打破沉默，说上一两句话，他才发出自己的声音，可是他的声音常常被火车驶来的隆隆声驱散。

他们约会的时间起初很短，沿着铁路走上一两个来回就结束了，然后父亲来到郝强生家中把我接回去。后来会走上五六个来回，有时候会走到凌晨时分，我已经和比我大三天的郝霞同床共枕睡着了，郝强生也招架不住躺到床上来打起呼噜。只有李月珍耐心地坐在外面的屋子里等待我父亲的到来，简单询问一下他们约会的进展，再让父亲把我抱走。那些日子里，我常常晚上在郝强生他们家里的床上睡着，早晨在自己小屋里的床上醒来。

这样的状况持续了两个月左右，李月珍感到我父亲和那位姑娘似乎没有什么进展，只是沿着铁路行走的时间越来越长。她详细询问我父亲约会的全部细节后，发现问题出在了什么地方。他们两个走到夜深人静之时，那位姑娘走累了站住脚说出一声再见，我有些木讷的父亲点点头后就转身离开她，奔跑地来到郝强生家里接我回家。

李月珍问我父亲："你为什么不送她回家？"

我父亲回答："她和我说再见了。"

李月珍摇了摇头，叹了一口气，她告诉我父亲，姑娘嘴上说再见，心里是希望送她回家。看到我父亲脸上似懂非懂的表情，李月珍斩钉截铁地说：

“你明晚送她回家。”

我父亲心里对郝强生和李月珍充满感激，自从我降生在铁轨之后，他们一直在帮助我们父子两个。我父亲遵照李月珍的话，第二天晚上当那位姑娘说再见后，他没有转身离去，而是默默地送她回到家中。在姑娘的家门口，她在深夜的月光里第二次说了再见，这次说再见时她脸上出现愉快的神色。

他们之间的关系突飞猛进，不再等到天黑以后偷偷摸摸约会，星期天的时候两个人大大方方并肩走进公园。他们正式恋爱了，而且是热恋。他们开始在那间火车驶过时摇晃震动的小屋子里约会，我想他们可能拥抱亲吻了，不过也就到此为止。

他们从约会到热恋，我一直缺席。这是李月珍的意见，她认为我插在中间会妨碍他们恋情的正常发展，我应该是水到渠成般的出现。李月珍相信，只要这位姑娘真正爱上我父亲以后，就会自然地接受我的存在。那段时间里，我几乎是生活在李月珍的家里，我喜欢这个家庭，我和郝霞亲密无间，李月珍就像是我的母亲。

当我父亲和这位姑娘到了谈婚论嫁的时候，他们必须谈到我了。他们处于热恋之中时，我差不多被他们两个暂时忘记。我父亲开始向她详细讲述起了我，从四年前听到我的啼哭，把我从铁轨上抱起来开始，讲述我四年来成长时的种种趣事，他讲到我的时候是一个幸福的父亲，而且还是一个骄傲的父亲，他讲述我的种种聪明小故事，他认为我是天底下最聪明的孩子。

他从来没有那么长时间说过话，当他滔滔不绝地讲了一个多小时以后，即将成为他妻子的这位姑娘冷静地说：

“你不该收养这个孩子，应该把他送到孤儿院。”

我父亲一下子傻了，脸上洋溢的幸福神色顷刻间变成呆滞的忧伤表情，这样的表情在后来的一段时间里生长在他的脸上，而不是风雨那样一扫而过。我父亲陷入到情感的挣扎之中，那时候他已经深爱这位姑娘了，当然他也爱着我，这是两种不同的爱，他需要在这之间选择一个放弃一个。

其实这位姑娘并非是拒绝我，她只是一个很实际的女人，二十八岁了，在那个时代已是大龄姑娘，可以选择的男人不多，她遇到我父亲，觉得他各方面都不错，唯一的缺憾是他收养了一个弃婴。她想到以后会有自己的孩子，我在这个家庭里的存在可能是一件别扭的事情。所以她说出了那句话，如果没有我，他们的生活应该会更好。她的想法没有错，他们可能会有两个以上亲生的孩子，还有一个收养的孩子，这对于两个经济拮据的人来说，生活的负担将会十分沉重。尽管如此，她仍然接受我的存在，只是觉得我父亲当初应该把我送到孤儿院。她只是说说而已。

我父亲是那种一根筋的人，他的想法一旦走入死胡同就不会出来了，他在心里认定她不能接受我。可能他是对的，她虽然勉强接受我，但是在今后漫长的生活里，我将会是这个家庭冲突和麻烦的导火索。我父亲痛苦不堪，他就像是一条情感湿润的毛巾，我和这位姑娘抓住这条毛巾的两端使劲绞着，直到把里面的情感绞干为止。

那时候只有四岁的我对此一无所知，我还不会分辨父亲看着我时已将快乐的眼神变成爱怜的眼神。那些日子，父亲似乎更加疼爱我了。我那时走路已经很熟练，可是一出门父亲就要把我抱在怀中，好像我还不太会走路。他向前走去时，时常将自己的脸贴在我的脸上。一贯节俭的他每天都会给我买上两颗糖果，一颗他剥开糖纸后塞进我的嘴里，另一颗放进我的衣服小口袋。

当他在情感上与我难舍难分的时候，他在心里与我渐行渐远。我年仅二十五岁的父亲无论是心理上还是生理上，都需要有女人的生活。那时候他爱我，可是他更需要一个女人的爱。他在经历痛苦的自我煎熬之后，选择了她，放弃了我。

有一天凌晨，我在睡梦里醒来时，看到父亲坐在床头，他俯下身来轻声说：

“杨飞，我们去坐火车。”

我在火车响声隆隆驶来驶去的铁轨旁边成长了四年，可是我没有坐过火车。我第一次坐上火车后将脸贴在车窗玻璃上，当火车启动驶去时，我看见站台上的人越来越快地后退时，我惊讶得哇哇叫了起来。然后我看见房屋和街道在快速后退，看见田野和池塘在快速后退。我发现越近的东西后退得越快，越远的东西后退得越慢。我问父亲：

“这是为什么？”

我父亲声音忧伤地说：“不知道。”

中午的时候，父亲抱起我在一个小城下了火车，我们在火车站对面的一家小店里吃了面条。父亲给我要了一碗肉丝面，给自己要了一碗阳春面。我吃不下这么一大碗的面条，剩下的父亲吃了。然后父亲让我坐着，他走到街道上向人打听孤儿院在什么地方。前面三个都说不清楚这地方有没有孤儿院，第四个想了一下后告诉他一个具体的位置。

他抱着我走了很长的路，来到一座石板桥旁，桥下是一条季节河，当时是枯水期。他听到桥对面的一幢房子里传来孩子们的歌声，以为那是一家孤儿院，其实那里是幼儿园。他抱着我站立在桥头，我听到桥对面楼房里的歌声，高兴地对他说：

“爸爸，那里有很多小朋友。”

我父亲低头朝四周看了一下，看到桥旁有一片小树林，树林的草丛里有几块石头，最大一块石头是青色的，在树林旁，上面很平坦，他的双手在上面擦了一会儿，擦掉尘土和一些碎石子，像是用砂纸在打磨铁板上的锈迹，他将石头擦得发亮之后，把我抱起来放在石头上，从自己的口袋里摸出一把糖果，放进我的口袋，我惊喜地看到有这么多的糖果，更加让我惊喜的是父亲拿出很多饼干，将我另外三个口袋都塞满了。然后父亲取下他背着的军用水壶，挂在我的脖子上。他站在我面前，眼睛看着地上的草丛说：

“我走了。”

我说：“好吧。”

我父亲转身走去，不敢回头看我，一直走到拐弯处，实在忍不住了，回头看了我一眼，看到坐在石头上的我快乐地摇晃着两条小腿。

我父亲坐上返回的火车，回到我们的城市时已是晚上。他下了火车后没有去自己的小屋，而是来到那位姑娘的家中，把她叫出来后一声不吭地向着公园的方向走去，姑娘跟在他的身后走着，她已经习惯他的沉默寡言。两个人来到公园时，公园的大门已经锁上了。他沿着公园的围墙走，她继续跟在他的身后。来到一个僻静的地方，他站住脚，低头讲述自己这一天做了什么，最后强调他是把我放在孤儿院的近旁。姑娘大吃一惊，不敢相信他用这样的方式丢弃我，她甚至有些害怕。然后意识到他这样做是出于对她的爱，她紧紧抱住他，热烈亲吻他，他也紧紧抱住她。干柴遇上了烈火，他们急不可耐地商定，明天就去办理登记结婚的手续。激情过去之后，我父亲说他累了，回到铁路旁的小屋里。

这个晚上他通宵失眠，自他从铁轨上把我抱起来以后，我们两个第一次分开，他开始担惊受怕，他不知道此时此刻我在哪里，不知道孤儿院的人是否发现了我。如果没有发现我，我可能仍然坐在那块石头上，可能有一条凶狠的狗在夜色里逼近了我——

第二天我父亲忧心忡忡地和那位姑娘一起走向街道的婚姻登记处，那位姑娘并不知道他心里正在发生翻天覆地的变化，她只是觉得他满脸倦容，她关心地询问之后，知道他昨晚一宵没睡，她以为这是因为激动的失眠，为此她嘴角露出了甜蜜的笑容。

我父亲走到一半路程时说他很累，坐在人行道旁，双手放在膝盖上，随后他的头埋在手臂里呜呜地哭泣了。那位姑娘措手不及，她呆呆地站在那里，隐约感到了不安。我父亲哭了一会儿后猛地站了起来，他说：

“我要回去，我要回去找杨飞。”

我不知道父亲曾经遗弃过我，所有的情景都是他后来告诉我的，然后我在记忆深处寻找到点点滴滴。我记得自己当初很快乐，整整一个下午都坐在那块石头上吃着饼干和糖果，幼儿园的孩子们放学从我面前经过时，我还在吃着，他们羡慕不已，我听到他们对自己的父母说“我要吃糖果”“我要吃饼干”。后来天黑了，我听到不远处的狗吠，开始感到害怕，我从那块石头上爬下来，躲在石头后面，仍然害怕，我把掉落在草丛上的树叶一片片捡过来，盖在自己身上，把头也盖住，才觉得安全。我在树叶的掩护里睡着了，早晨的时候是那些孩子走向幼儿园的说话声吵醒了我，我从叶缝里看见太阳出来了，就重新爬到那块石头上，坐在那里等待我的父亲。我坐了很久，好像有人过来和我说过话，我记不起来他们和我说了一些什么。我没有糖果也没有饼干了，只有水壶里还有一些水，饿了只能喝两口水，后来水也没有了。我又饿又渴又累，从石头上爬下来，躺在后面的草丛里，我又听到了狗吠，再次用树叶从头到脚盖住自己，然后睡着了。

我父亲中午的时候来到这个小城，他下了火车后一路奔跑过来，他在远处望过来，看到石头上没有我的身影。他奔跑的脚步渐渐慢了下来，他在石头的不远处站住脚，丧魂落魄地四下张望，就在他焦急万分之时，听到我在石头后面发出睡梦里的声音：

“爸爸怎么还不来接我呀？”

父亲后来告诉我，当他看到我把树叶当成被子时先是笑了随即哭了。他揭开树叶把我从草丛里抱起来时，我醒来了，见到父亲高兴地叫着：

“爸爸你来了，爸爸你终于来了。”

父亲的人生回到了我的轨道上。他从此拒绝婚姻，当然首先是拒绝那位梳着长辫的姑娘。那位姑娘十分伤心，她百思不解，跑到李月珍那里委屈哭诉。李月珍才知道发生了什么，她责备我父亲，她说她和郝强生愿意收养我，她觉得我就是她的儿子，因为我吃过她的奶。我父亲羞愧地点头，承认自己做错了。可是当李月珍要我父亲和那位姑娘重新合好，我一根筋的父亲认定在我和那位姑娘之间只能选择一个，他说：

“我只要杨飞。”

无论李月珍如何劝说，我父亲都是沉默以对，李月珍生气又无奈，她说再也不管我父亲的事了。

后来我几次见到过那位梳着长辫的姑娘，父亲拉着我的手走在街道上，我见到她走过来时很高兴，使劲拉拉父亲的手，喊叫着“阿姨”。我父亲那时候总是低着头，拉着我快速走过去。起初那位姑娘还会对我微笑，后来她就装着没有看见我们，没有听见我的叫声。三年以后，她嫁给了一位比她大十多岁的解放军连长，去了遥远的北方做随军家属。

父亲从此心无杂念养育我成长，我是他的一切，我们两个相依为命度过了经历时漫长回忆时短暂的生活。他在墙上记录我的成长，每隔半年让我贴墙而立，用铅笔在我头顶画出一条一条的横线。我初中时个子长得很快,他看着墙上的横线的间距越来越宽，就会露出由衷的笑容。

我高一时已经和父亲差不多高了，我经常微笑地向父亲招招手，他嘿嘿笑着走到我身旁，我挺直身体与他比起身高。我的这个举动持续到高三，我越来越高，父亲越来越矮，我清晰地看见他头顶的丝丝白发，然后注意到他满脸的皱纹，我父亲过于操劳后看上去比他的实际年龄大了十岁。

那时候我父亲不再是扳道工，人工道岔已被电动道岔取代，铁路自动化了。我父亲改行做了站务员，他花了很长时间才适应这份新的工作。我父亲喜欢有责任的工作，他做扳道工的时候全神贯注，如果道岔扳错了会出重大事故。做了站务员以后一下子轻松很多，没有什么责任的工作让他时常觉得自己是大材小用。

小屋渐渐远去，两条飘扬而去的铁轨也没有回来。我仍然在自己的踪迹里流连忘返，我感到累了，坐在一块石头上。我的身体像是一棵安静的树，我的记忆在那个离去的世界里马拉松似的慢慢奔跑。

我父亲省吃俭用供我从小学念到大学，我们的生活虽然清贫，但是温暖美好。直到有一天我的生母千里迢迢来寻找我，平静的生活才被打破。那时候我正在上大学四年级，我的生母沿着铁路线一个城市接着一个城市寻找过来。其实四十一年前她就找过我，当时她在火车上苏醒过来后，火车已经驶出将近两百公里，她只记得是在火车出站时生下了我，可是出了哪个车站她完全没有印象，她托人在经过的三个车站寻找过我，没有发现我的一丝迹象。她曾经以为我被火车碾死了，或者饿死在铁轨上，或者被一条野狗叼走，她为此哭得伤心欲绝。此后她放弃了对我的寻找，但是心里始终残存着希望，希望有一个好心人发现收养了我，把我抚养长大。她五十五岁那年退休后，决定自己到南方来找我，如果这次再没有找到我，她可能真正死心了。我们这里的电视和报纸配合她的寻找，我的离奇出生实在是一个好故事，电视报纸渲染了我的出生故事，有一家报纸的标题称我是“火车生下的孩子”。

我在报纸上看到生母流泪的照片，又在电视里看到她流泪的讲述，那时我预感她寻找的孩子就是我，因为她说出的年月日就是我出生的这一天，可是我心里波澜不惊，好像这是别人的事情，我竟然有兴趣比较起她在报纸照片上流泪和电视画面里流泪的区别，照片上的眼泪是固定的，粘贴在她的脸颊上，而电视里的眼泪是动态的，流到她的嘴角。我与名叫杨金彪的父亲相依为命二十二年，我习惯的母亲是李月珍这个母亲，突然另一个母亲陌生地出现了，我心里有一种奇怪的感觉。

我父亲在报纸上和电视里仔细看了她对当时情形的讲述，认定我就是她寻找的儿子。他根据报纸上提供的信息，知道她住在哪家宾馆，这天早晨他走到火车站的办公室，给她所住的宾馆打了一个电话，很顺利接通了，两个人在电话里核对了所有的细节后，我父亲听到她的哭泣，我父亲也流泪了，两个人用呜咽的声音在电话里交谈了一个多小时，她不断询问我，我父亲不断回答，然后约好下午的时候在她所住的宾馆见面。我父亲回来后激动地对我说：

“你妈妈来找你了。”

他把银行存折里的三千元取了出来，这是他全部的积蓄，拉上我去了我们这个城市刚刚开业的也是规模最大的购物中心，准备给我买上一套名牌西装。他认为我应该穿得像电视里的明星那样，体面地去见我的生母，让我的生母觉得，二十二年来他没有虐待我。我父亲在这个城市生活很多年，可是基本上没有离开火车站的区域，他第一次走进这个气派的六层购物中心，眼睛东张西望，嘴里喃喃自语说着富丽堂皇，富丽堂皇啊。

购物中心的一层是各类品牌的化妆品，他使劲呼吸着，对我说："这里的空气都这么香。"

他走到一个化妆品柜台前询问一位小姐："名牌西装在几楼？"

"二楼。"小姐回答。

他意气风发地拉着我跨上手扶电梯，仿佛他腰缠万贯，我们来到二层，迎面就是一个著名的外国品牌店，他走过去首先看了看挂在入口处的几排领带的价格，他有些吃惊，对我说：

"一根领带要两百八十元。"

"爸爸，"我说，"你看错了，是两千八百元。"

我父亲脸上的神色不是吃惊，是忧伤了。他囊中羞涩，木然地站在那里。此前的日子里，虽然生活清贫，因为省吃俭用，他始终有着丰衣足食的错觉，那一刻他真切地感受到自己的贫穷。他不敢走进这家外国名牌店，自卑地问走过来的导购小姐：

"哪里有便宜的西装？"

"四楼。"

他低垂着头走向通往上层的手扶电梯，站在上升的电梯上时，我听到他的叹息声，他低声说当初我要是没有从火车里掉出来就好了，这样我的生活会比现在好很多。他从报纸和电视上知道我生母是享受副处级待遇退休的，我的生父仍然在处长的岗位上。其实我的生父只是北方那座城市里的一名小官员而已，但是在他心目中却是一个有权有势的人物。

四楼都是国内品牌的男装，他为我购买了西装、衬衣、领带和皮鞋，只花去了两千六百元，比一根外国领带还便宜了两百元。他看到我西装革履的神气模样后，刚才忧伤的神色一扫而光，丰衣足食的错觉又回来了，他意气风发地站在缓缓下降的手扶电梯上，居高临下地看着下面二层广告上一个西装革履的外国男子，说我穿上西装后比广告里的那个外国人更有风度，然后他感叹起来，真是人靠衣装佛靠金装。

这天下午两点的时候，他穿上一身崭新的铁路制服，我西装革履，我们来到我生母住宿的那家三星级宾馆。我父亲走到前台询问，前台的姑娘说我生母上午就出去了，一直没有回来，可能去电视台了。前台的姑娘显然知道我生母的故事，她看了我一眼，她不知道我是这个故事的主角。我们就在门厅的沙发上坐下来等候我的生母，这张棕色的沙发开始黑乎乎了，坐过的人太多，已经坐出了很多的油腻。我正襟危坐，担心弄皱我的西装，我父亲也是正襟危坐，也担心弄皱他的崭新制服。

没过多久，一个中年妇女走进来，她朝我们这里看了一眼，我们认出了她，立刻站起来，她注意到我们，站住脚盯着我看。

这时候前台的姑娘告诉她有人在等她，这位姑娘的左手指向我们。她知道我们是谁了，虽然她和我父亲约好的时间是下午，可是她等不及了，上午就去火车站找了我父亲，那时候我们正在购物中心，她没有找到我们，她见到了郝强生，郝强生详细告诉她，杨金彪是怎样把我抚养成人的；她又去了我就读的大学，她坐在我的宿舍里，向我的同学仔细询问了我的情况。现在她浑身颤抖地走了过来，她盯着我看，让我觉得她的目光似乎扎进了我的脸，她走到我们面前，嘴巴张了几下没有声音，眼泪夺眶而出，然后她十分困难地发出了声音，她问我：

“你是杨飞？”

我点点头。

她问我父亲：“你是杨金彪？”

我父亲也点点头。

她哭了，一边哭一边对我说：“和你哥哥长得太像了，个子比你哥哥高。”

说完这话，她突然向我父亲跪下了：“恩人啊，恩人啊……”

我父亲赶紧把她扶到黑乎乎的棕色沙发上坐下，我生母哭泣不止，我父亲也是泪流满面。她不停地感谢我父亲，每说一句感谢后，又会说一句不知道怎么才可以感谢我父亲的大恩大德，她知道我父亲为了我放弃自己的婚姻生活，她声泪俱下地说：

“你为我儿子牺牲得太多，太多了。”

这让我父亲有些不习惯，他看着我说："杨飞也是我的儿子。"

我生母擦着眼泪说："是的，是的，他也是你的儿子，他永远是你的儿子。"

他们两个人渐渐平静下来后，我生母抓住我的手，眼睛直愣愣地看着我，她语无伦次地和我说话，每当我回答她的话时，她就会转过头去欣喜地告诉杨金彪：

"声音和他哥哥一模一样。"

我的相貌和我的声音，让我生母确信是她二十二年前在行驶的火车厕所里生下的孩子。

后来的 DNA 亲子鉴定结果证实了我是她的儿子。然后我陌生的亲人们从那个北方的城市赶来了，我的生父生母，我的哥哥姐姐，还有我的嫂子和姐夫。我们城市的电视和报纸热闹起来，"火车生下的孩子"有了一个大团圆结局。我在电视里看到自己局促不安的模样，在报纸上看到自己勉强的微笑。

好在只是热闹了两天，第三天电视和报纸的热闹转到警方扫黄的"惊雷行动"上。报纸说警方在夜色的掩护下对我们城市的洗浴中心和发廊进行突击检查，当场抓获涉嫌卖淫嫖娼的违法人员七十八名，其中一个卖淫女竟然是男儿身，这名李姓男子为了挣钱将自己打扮成女孩的模样从事卖淫，他的卖淫方式十分巧妙，一年多来接客超过一百次，竟然从未被嫖客识破。这是新闻的焦点，电视和报纸的兴趣离开了"火车生下的孩子"，集中到这名男扮女装的伪卖淫女身上，只说其巧妙的卖淫方式，至于如何巧妙的细节，电视和报纸语焉不详，于是我们城市的人们津津乐道地猜测起了五花八门的巧妙卖淫方式。

雨雪在我眼前飘洒，却没有来到我的眼睛和身上，我知道雨雪也在离开。我仍然坐在石头上，我的记忆仍然在那个乱哄哄的世界里奔跑。

我陌生的亲人们返回北方的城市两个月后，我大学毕业了。在我们相聚的时候，我的生父生母希望我毕业后去他们所在的城市工作，我的生父说他在处长的位置上还能坐四年，四年后就要退休，他趁着手里还有些权力，为我联系了几份不错的工作。杨金彪对此完全赞同，他觉得自己是一个无权无势的小人物，没有办法帮助我找到理想的工作，他认为我去了那个北方的城市可能前途无量。当时我的生父是小心翼翼地提出这个建议，他担心杨金彪会不高兴，再三说明我留在这里工作也不错，他可以想想办法找到这里的关系，让我得到一份好工作。他没想到杨金彪爽快地接受了他的建议，而且真诚地谢谢他为我所做的这些，反而让他不知所措，杨金彪看到他有些尴尬的表情，纠正自己的话：

“我不应该说谢谢，杨飞也是你们的儿子。”

我的生母非常感动，她私下里抹着眼泪对我说：“他是个好人，他真是个好人。”

我父亲知道我要去的城市十分寒冷，为我织了很厚的毛衣毛裤，为我买了一件黑色的呢大衣，还买了一只很大的行李箱，把我一年四季的衣服都装了进去，接着又将里面很旧的衣裤取出来，上街给我买来新的，我不知道他是向郝强生和李月珍借钱给我购置这些的。然后在一个夏天的早晨，我拖着这只装满冬天衣服的行李箱，里面还有那身西装，跟在杨金彪的身后走进火车站，剪票后他才将火车票交给我，嘱咐我好好保管，火车上要查票的。我们在站台上等待时，他低着头一声不吭，当我乘坐的火车慢慢驶进车站时，他抬起手摸了摸我的肩膀，对我说：

“有空时给我写封信打个电话，让我知道你很好就行，别让我担心。”

我乘坐的火车驶离车站时，他站在那里看着离去的火车挥手，虽然站台上有很多人在来去，可是我觉得他是孤单一人站在那里。

后来他在我的生活里悄然离去之后，我常常会心酸地想起这个夏天早晨站台上的情景，我在他二十一岁的时候突然闯进他的生活，而且完全挤满他的生活，他本来应有的幸福一点也挤不进来了。当他含辛茹苦把我养育成人，我却不知不觉把他抛弃在站台上。

我在那个北方的城市里开始了短暂的陌生生活。我的生父早出晚归忙于工作和应酬，已经退休的生母与我朝夕相处，她带着我走遍那个城市值得一看的风景，还顺路去了十来个以前的同事家中，把她失散二十二年的儿子展览给他们，他们为我们母子团聚感到高兴，更多的还是好奇。我生母满面春风向他们讲述如何找到我的故事，说到动情处眼圈红了，刚开始我局促不安，后来慢慢习惯了。我感到自己就像是一件失而复得的商品，没有什么知觉地聆听生母讲述失去的痛苦和找到的喜悦。

我在这个新家庭里刚开始像是一个贵客，我的生父生母，我的哥哥嫂子，我的姐姐姐夫时常对我嘘寒问暖，两周以后我意识到自己是一个不速之客。我们拥挤在一套三居室的房子里，我的生父和生母，我的哥哥和嫂子，我的姐姐和姐夫占去了三个房间，我睡在狭窄客厅的折叠床上，晚上睡觉前先将餐桌推到墙边，再打开我的折叠床。每天早晨我还在睡梦中时，我的生母就会把我轻轻叫醒，让我尽快起床收起折叠床，将餐桌拉过来，要不一家人没有地方吃早餐了。我的生母有些过意不去，她安慰我，说我哥哥的单位马上要分房，我姐夫的单位也马上要分房，他们搬走后，我就可以有一个自己的房间。

我的这个新家庭经常吵架，哥哥和嫂子吵架，姐姐和姐夫吵架，我生母和我生父吵架，有时候全家吵架，混乱的情景让我分不清谁和谁在吵架。有一次为我吵架了，这次吵架发生在我将要去一个单位报到工作的时候，我哥哥说我睡在客厅里太委屈，建议我有工作有薪水后到外面去租房子，我姐姐也这么说。我生母生气了，指着他们喊叫起来：

“你们有工作有薪水，你们为什么不到外面租房子？”

我生父支持我生母，说他们工作几年了，银行里也存了一些钱，应该到外面去租房子。然后子女和父母吵上了，我的哥哥和姐姐历数他们同学的父母多么有权有势，早就给子女安排好住处。我生父气得脸色发青，骂我的哥哥姐姐狼心狗肺；我生母紧随着骂他们没有良心，说他们现在的工作都是我生父找关系安排的。我站在角落里，看着他们汹涌澎湃的争吵，心里突然感到了悲哀。接下去哥哥和嫂子吵架了，姐姐和姐夫吵架了，两个女的都骂他们的丈夫没出息，说她们各自单位里的谁谁谁的丈夫多么能干，有房有车有钱；两个男的不甘示弱，说她们可以离婚，离婚后去找有房有车有钱的男人。我姐姐立刻跑进房间写下了离婚协议书，我嫂子也如法炮制，我哥哥和我姐夫立刻在协议上签字。然后又是哭闹又是要跳楼，先是我嫂子跑到阳台上要跳楼，接着我姐姐也跑到阳台上，我哥哥和姐夫软了下来，两个男的在阳台上拉住两个女的，先是试图讲讲道理，接着就认错了，当着我的面，两个男的一个下跪，一个打起了自己的嘴巴。这时候我生父生母进了自己房间，关上门睡觉了，他们已经习惯这样的争吵。

这个家庭的暴风骤雨过去之后，我站在深夜宁静的阳台上，看着这个北方城市的繁华夜景，心里想念起杨金彪。从小到大，他没有骂过我，没有打过我，当我做错什么时，他只是轻轻责备几句，然后是叹息，好像是他做错了什么。

第二天早晨这个家庭风平浪静，好像什么也没有发生。他们吃过早餐出门上班后，只有我和我生母坐在餐桌旁，我生母为昨晚因我而起的争吵感到内疚，更为她自己感到委屈。她连声抱怨，抱怨我哥哥和我姐姐两家人在家里白吃白喝，从来不交饭钱；又抱怨我生父下班后过多的应酬，几乎天天晚上像个醉鬼那样回家。

我生母絮絮叨叨说了很久，抱怨自己的家是一个烂摊子，说操持这样一个家太累了，等她说完后，我轻声告诉她：

“我要回家了。”

她听后一愣，随后明白我所说的家不是在这里，是在那个南方的城市里。她的眼泪无声地流了下来，她没有劝说我改变主意，她用手擦着眼泪说：

“你会回来看我吗？”

我点点头。

她伤心地说：“这些日子委屈你了。”

我没有说话。

我在这个新家庭生活了二十七天以后，坐上火车返回我的旧家庭。我下了火车没有出站，而是拖着行李箱走过地下通道去了三个站台找我父亲。我在四号站台看到他的身影，我走过时，他正在详细向一名走错站台的旅客指路，等那位旅客说声“谢谢”转身跑去后，我叫了一声：

“爸爸。”

他走去的身体突然僵住了，我又叫了一声，他转过身来惊讶地看着我，又惊讶地看看我手里拖着的行李箱。他看到我回来时的衣服正是我离开时穿的，还有行李箱。我是怎么离开的，也是怎么回来的。

我说：“爸爸，我回来了。”

他知道我所说的“回来”是什么意思，他微微点了点头，眼圈有些红了，他急忙转身走去，继续自己的工作。我看看站台上的时钟，知道他的工作时间，还有二十分钟他就下班了，我拖着行李箱走到地下通道的台阶旁，站在那里看着他一丝不苟地工作。他指点几位旅客，他们的车厢在哪里；又替一位年纪大的旅客提着行李，帮助他上车。当这列火车驶出站台后，他抬头看看时钟，下班时间到了，他走到我身旁，提起我的行李箱走下台阶，我伸手想把行李箱抢回来，被他的左手有力地挡了回去。好像我还是一个孩子，提不动这么大的行李箱。

我回到了自己的家中。那时候我们已经离开铁路旁的小屋，搬进铁路职工的宿舍楼，虽然只有两个房间，可是这是两个没有争吵声音的房间。

我父亲对我的突然回来表现得十分平静，他说不知道我回来，所以家里没有什么吃的，他让我洗澡，自己去宿舍附近的一家餐馆买了四个菜回来。他很少去餐馆，一下子买回来四个菜更是破天荒的事情。吃饭的时候他几乎没有说话，只是不停地往我碗里夹菜。我说的也不多，只是告诉他，我觉得自己还是适合住在这个家里，我说现在大学生找工作还是比较容易的，我在这里找到的工作也不会比我生父介绍的那份工作差多少。我父亲一边听着一边点头，当我说明天就去找工作时，我父亲开口了：

“急什么，多休息几天。”

郝强生后来告诉我，那天晚上我睡着后，我父亲来到他们的家中，进屋就流下了眼泪，一边流泪一边对他和李月珍说：

“杨飞回来了，我儿子回来了。”

我父亲在他生命的最后时刻，认为自己一生里做得最好的一件事就是收养了一个名叫杨飞的儿子。那时候他已经退休，我在那家公司当上了部门经理，我积蓄了一些钱，计划买一套两居室的新房子。我利用周末的时间和父亲一起去看了十多处正在施工中的住宅小区，看中了其中的一套，我们准备把父亲只有两个房间的铁路宿舍卖掉，这是他的福利分房，再加上我这些年的储蓄，可以全款买下那套房子。虽然我在婚姻上的失败让他时常叹息，可是我事业上的成功又让他深感欣慰。

那些日子我晚上有不少应酬，当我很晚回家时，看到父亲做好饭菜在等我，我没有回家的话，他不会吃饭也不会睡觉。我开始尽量推掉晚上的应酬，回家陪我父亲吃饭看电视。这一年休假的时候，我带着他去了黄山，这是他第一次也是最后一次出门旅游。

我六十岁的父亲身体十分强壮，爬山的时候我气喘吁吁了，他仍然身轻如燕，陡峭的地方还需要他拉我一把。

郝强生和李月珍也退休了，他们的女儿郝霞在北京的大学毕业后，去美国读研究生，然后留在美国工作，与一个美国人结婚，生下两个漂亮的混血孩子。他们退休后准备移民美国，在等待移民签证的时候经常来看望我父亲，那是我父亲最高兴的时刻。我回家开门时听到里面笑声朗朗就知道他们来了，当我出现在他们面前时，李月珍就会高兴地叫我：

"儿子。"

李月珍一直以来都是叫我"儿子"，我心里也一直觉得李月珍是我成长时的母亲。我还在杨金彪身上的布兜里吮吸自己手指的时候，李月珍几乎每天来到我们铁路旁的小屋子给我喂奶，她对杨金彪说，奶粉哪有母乳好。我记忆里的李月珍一直是个很瘦的女人，父亲说她以前是胖胖的，是被我吃瘦的。我默认父亲的说法，在那个贫穷的年代里，营养不良的李月珍同时喂养两个孩子。

我对他们家的熟悉不亚于对自己的家，我童年的很多时间是在他们家度过的，每当我父亲上夜班时，我就吃住在他们家中。李月珍对待我和郝霞就像是对待自己的一双儿女。偶尔吃上一次肉的时候，她会把碗里最后一片肉夹给我，没有夹给郝霞，有一次郝霞哭了：

"妈妈，我是你的亲生女儿。"

李月珍说：“下次给你。”

我和郝霞青梅竹马，我们有过一个秘密约定，长大后两个人结婚，这样就可以一直在一起，郝霞当时是这么说的：

“你做爸爸，我做妈妈。”

那时我们理解中的结婚就是爸爸和妈妈的组合，当我们明白更加准确的说法应该是丈夫和妻子以后，谁也不再提起这个秘密约定，我们两个人以相同的速度遗忘了这个约定。

我后来没再去过那个北方城市的家庭，只是在逢年过节的时候给他们打一个电话，通常是我生母接听电话，她在电话里详细询问我的近况后，总会嘱咐我要好好照顾杨金彪，末了她会感慨地说上一句：

“他是一个好人。”

我父亲杨金彪退休第二年病了，他吃不下饭，身体迅速消瘦，整天有气无力。他瞒着我，不让我知道他正在疾病里挣扎，他觉得自己会慢慢好起来的。他过去生病时不去医院看病也不吃药，依靠自己强壮的身体挺了过来，这次他相信自己仍然能够挺过来。我当时忙于工作，没有注意到我父亲越来越疲惫的样子，直到有一天我发现父亲瘦得干巴巴了，才知道他病了有半年时间。我强迫他去医院检查，检查报告出来后，我拿在手里发抖了，我父亲患上淋巴癌。

我眼睁睁看着病魔一点点地吞噬我父亲的生命，我却无能为力。放疗、手术、化疗，把我曾经强壮的父亲折磨得走路时歪歪斜斜，似乎风一吹他就会倒地。我父亲作为铁路上的退休职工，可以报销一部分医疗费用，可是我父亲的治疗费用过于庞大，大部分需要自己承担，我悄悄卖掉父亲的铁路宿舍。为了照顾我父亲，我辞去工作，在医院附近买了一个小店铺，我父亲睡在里面的房间里，我在外面的店铺向来往的顾客出售一些日用品，以此维持日常的生活。

我父亲很伤心，我辞去工作卖掉房子没有和他商量，他知道时已是既成事实，他常常唉声叹气，忧心忡忡地对我说：

"房子没有了，工作没有了，你以后怎么办？"

我安慰他，等他的病治好了，我会重新回到原来的公司去，重新积蓄，买一套新房子，让他安度晚年。他摇头说哪里还有钱买房子。我说不能全款支付，可以办理按揭贷款买房。他继续摇头说不要买房子，不要欠债。我不再说话，在房价飞涨之前我有过按揭买房的计划，可是父亲想到要欠银行那么多钱就害怕，我只好放弃那个计划。

我们仿佛回到铁轨旁那间摇摇晃晃的小屋子里的生活。晚上店铺打烊后，我们父子两人挤在一张床上睡觉。我每天晚上听到父亲的叹息声和呻吟声，叹息是因为我今后的前途，呻吟是因为自己的病痛。病痛减轻一些时，我们就会一起回忆过去。那时他的声音里洋溢着幸福，他说到很多我小时候的事情，他说我小时候睡觉时一定要他看着我，有时候他更换一下躺着的姿势，背过身去后，我就会一遍遍叫着：

“爸爸，看看我吧；爸爸，看看我吧……”

我告诉父亲，我小时候半夜醒来时总会听到他的鼾声，有几次没有听到，害怕地哭了起来，担心他可能死了，使劲把他摇醒，看到他坐起来，我破涕为笑，对他说，原来你没有死掉。

有一天晚上我父亲没有叹息也没有呻吟，而是低声说了很多话，说他怎么在铁路上听到了我的啼哭，怎么抱着我跑到李月珍家里让她给我喂奶。在我四岁的时候，他为了婚姻丢弃我也是那个晚上告诉我的，说到这里他老泪纵横，一遍遍责问自己：

“我怎么能这样狠心……”

我告诉他，我也丢弃过他，去了那个北方城市的家庭，我说我们之间扯平了。他在黑暗里摸了摸我的手，说我去自己的亲生父母那里不能算是丢弃他。

说完，他轻轻笑了一下。他说起返回那块青色石头前找到我时，因为冷我身上盖满树叶，他说这世上没有比我更聪明的孩子了。那个晚上我的记忆突然清晰起来，我想起了石头、树林、草丛，还有让我胆战心惊的狗吠。我说不是冷，是害怕，有一条狗一直在汪汪叫着。

“怪不得，”他说，“你头上也盖着树叶。”

我嘿嘿笑了，他也嘿嘿笑了。然后他平静地对我说：“我不怕死，一点也不怕，我怕的是再也见不到你。”

第二天我父亲不辞而别，他走得无声无息，连一张纸条也没有留下，拖着自己所剩无几的生命离我远去。后来的日子里，我为自己的疏忽不断自责，我父亲离家的前几天，让我从柜子里找出一身崭新的铁路制服，放在他的枕边。我没有注意这个先兆，以为他想看看自己的新制服，这是他退休前最后一次领到的制服，却疏忽了他多年来的一个习惯，每当他遇到重要事情时就会穿上一身崭新的铁路制服。

我父亲不辞而别的那一天，我们城市发生了一起火灾，距离我的小店铺不到一公里的一家大型商场起火了。我得知这个灾难的消息时已是下午，那时候因为父亲迟迟没有回家，我正在焦虑之中。当时一个可怕的念头在我脑海里闪现一下，我觉得父亲可能去了那家商场。接下去这个念头挥之不去，我在胡思乱想里意识到再过一个多月就是我的生日，父亲很有可能趁着自己还能慢慢走动，去那里给我购买生日礼物。

我把店铺关门打烊，奔跑地来到那家商场。银灰色调的商场已经烧成黑乎乎木炭的颜色，黑烟滚滚升起，火势差不多熄灭了，十多辆消防车上的水龙头仍然喷射出高高的水柱，降落在烧焦了的商场上。几辆救护车停在街道上，还有几辆警车。消防梯架到了商场上，消防人员已经进入商场救人，有人被抬了出来，送进救护车以后，救护车鸣叫着疾驶而去。

商场四周的路口挤满人群，他们七嘴八舌讲述着起火的经过。我置身其中，听到的都是断断续续的语句，有人说是早晨十点左右起火的，还有人说是中午起火的。我在他们中间穿梭，听着他们议论起火的原因和猜测伤亡的人数，一直到天黑，我才走回自己的店铺。

晚上电视里报道了商场的火灾，来自官方的消息称是电路起火引发的火灾，时间是早晨九点半，电视里的主播说当时商场刚开门，里面的顾客不多，大部分顾客被紧急疏散，只有极少数顾客来不及撤离。至于伤亡人数，电视里说正在调查中。

这天晚上父亲没有回家，我一夜忐忑不安。早晨的电视新闻里出现商场火灾的最新报道，七人死亡，二十一人受伤，其中两人伤势严重。到了中午，电视里报出了所有伤亡人员的姓名，没有我父亲的名字。

可是网上出现了不同的消息，有人说死亡人数超过五十，还有人说超过一百。不少人在网上批评政府方面瞒报死亡人数，有人找出来国务院安委会对事故死亡人数的定义，一次死亡三至九人的是较大事故，一次死亡十人以上的是重大事故，一次死亡三十人以上的是特别重大事故。网上有人抨击政府逃避责任，将死亡人数定在七人，即使两个伤势严重的人不治身亡，也只有九人，属于较大事故，不会影响市长书记们的仕途。

网上传言四起，有的说那些被隐瞒的死亡者家属受到了威胁，有的说这些家属拿到了高额封口费，还有人在网上发布被隐瞒的死亡者姓名，那里面仍然没有我父亲的名字。

我父亲两天没有回家，我去寻找他。先去火车站打听，我想也许会有几个火车站的工作人员见到过他，可是没有他的消息。他瘦成那样了，即便是认识他的人也可能认不出来了。我再去郝强生和李月珍家中，他们刚刚从广州回来，在广州的美国领事馆顺利通过了移民签证的面试，回来后着手出售居住多年的房屋，准备远渡重洋与女儿一起生活。他们得知这个消息很难过，郝强生连声叹息，李月珍流下眼泪，她说：

“儿子，他是不想拖累你。”

他们觉得我父亲很有可能是落叶归根，回到自己出生和长大的村庄，让我去那里寻找他。

我把店铺出让给别人，坐上长途汽车前往我父亲的老家。我小时候去过那里，我的爷爷和奶奶并不喜欢我，觉得我搅乱了他们儿子的生活。我父亲有五个哥哥姐姐，他们和我父亲关系不好。我爷爷曾经在铁路上工作，当时国家有一个政策，如果我爷爷提前退休的话，就可以安排他的一个孩子到铁路上工作，我爷爷在六个孩子里选择了最小的我父亲，另外五个对此很生气。可能是这些原因，父亲后来不再带我回老家。

我的爷爷奶奶十多年前去世了，我父亲的五个哥哥姐姐仍然住在那里，他们的子女很多年前就外出打工，已经在不同的城市扎下了根。

我在繁华的县城下了长途汽车，叫上一辆出租车前往我父亲的村庄，出租车行驶在宽阔平坦的柏油马路上，我记得小时候和父亲坐车来到这里时，是一条坑坑洼洼的泥路，汽车向前行驶时蹦蹦跳跳。就在我心里感慨巨大的变化时，出租车停下了，柏油马路突然中断，前面重现过去那条坑坑洼洼的泥路。出租车司机说上面的领导不会来到这种偏僻的地方，所以柏油马路到此为止了。司机看到我惊讶的神色，解释说乡下的路都是为上面的领导下来视察才修的。司机指着前面狭窄的泥路说，领导不会到这种鸟不下蛋的地方。他说往前走五公里，就是我要去的村庄。

当我再次来到父亲的村庄时，已经不是我小时候来过的那个村庄，那个村庄有树林和竹林，还有几个池塘，我和几个堂哥拿着弹弓在树林和竹林里打麻雀，又卷起裤管站在池塘的水里捉小虾。我记得田野里一片片油菜花在阳光下闪闪发亮，男女老少鸡鸭牛羊的声音络绎不绝，还有几头母猪在田埂上奔跑。现在的村庄冷冷清清，田地荒芜，树木竹子已被砍光，池塘也没有了。村里的青壮年都在外面打工，只看见一些老人坐在屋门前，还有一些孩子蹒跚走来。我忘记父亲五个哥哥姐姐的模样，我向一个坐在门前抽烟的驼背老人打听杨金彪的哥哥和姐姐住在哪里。他嘴里念叨了几声“杨金彪”，想起来了，对着坐在斜对面屋前一个正在剥着蚕豆的老人喊叫：

“有人找你。”

这个老人站了起来，看着走过去的我，双手在衣服上擦着，似乎准备要和我握手。我走到他面前，告诉他，我是杨飞，他没有反应过来，我说是杨金彪的儿子。他啊的一声后，张开没有门牙的嘴巴喊叫起了他的兄弟姐妹：

“杨金彪的儿子来啦！”

然后对我说：“你长得这么高了，我一点也认不出来。”

另外四个老人先后走过来。我看到他们五个都是穿着化纤料子的衣服，站在一起时竟然如此相像，只是高矮不一，如同一个手掌上的五根手指。

他们见到我非常高兴，给我泡茶递烟，我接过茶杯，对着递过来的香烟摇摇头，说我不抽烟。他们忙碌起做饭打酒，我看看时间还不到下午三点，说现在做饭早了一点，他们说不早。

那么多年过去了，他们不再妒恨我父亲。知道我父亲患上绝症离家出走不知去向，这五个老人眼圈红了，可能是他们的手指手掌太粗糙，他们五个都用手背擦眼泪。我说一直在找父亲，想到父亲可能落叶归根回到这里，所以就来了，他们摇着头说我父亲没有回来过。

我在寂静里站了起来，离开那块石头，在寂静里走去。雨雪还在纷纷扬扬，它们仍然没有掉落到我身上，只是包围了我，我走去时雨雪正在分开，回头时雨雪正在合拢。

我在记忆的路上走向李月珍。

我从父亲的村庄回到城里的时候，李月珍死了。她是晚上穿越马路时，被一辆超速行驶的宝马撞得飞了起来，随后重重地摔在马路上，又被后面驶来的一辆卡车和一辆商务车碾过。我只是离开了三天，我心里的母亲就死了。

郝霞正在回来的飞机上，郝强生被这突如其来的打击击垮了。我来到他家时，几个和尚正在那里做超度亡灵的法事，屋子里烟雾缭绕，桌上铺着黄布，上面摆放着水果和糕点，还有写着李月珍名字的牌位。几个和尚站在桌前，微闭着眼睛正在念经，他们的声音像是很多蚊子在鸣叫。郝强生目光呆滞坐在一旁，我在他身旁的椅子里坐了下来。

和尚可能知道李月珍准备移民美国，念经之后告诉郝强生，在他们念经之时，李月珍的亡灵跨上了郝强生的膝盖，又跨上了郝强生的肩膀，右脚蹬了一下升天了。和尚说，超度亡灵的法事收费三千元，如果再加上五百元，可以让李月珍投胎美国。郝强生木然地点点头，几个和尚又微闭眼睛，继续念经。这次的经文简短，我在和尚含糊不清的念诵里，听到"美国"这个词，这几个和尚念的不是中文，而是 USA。然后和尚说，李月珍已经踏上去 USA 的路途了，很快就会到那里，比波音飞机还要快。

郝强生见到我的时候没有认出来，我在他身旁坐了很久，他才意识到我是谁，呜呜地哭了，拉住我的手说：

“杨飞，去看看你妈妈，去看看你妈妈……”

李月珍在死去的三天前，也就是我前往乡下寻找父亲的那天清晨，发现了我们城市的一起丑闻。她从农贸市场买菜回家的路上，在桥上走过时，看见下面的河水里漂浮着几具死婴。起初她以为是几条死鱼，心里奇怪从来没有见过这样的鱼，鱼身上好像有胳膊有腿。她觉得自己年纪大眼睛花了，就叫过来两个年轻人看看河面上漂浮的是什么，那两个年轻人说不像是鱼，像是婴儿。李月珍急忙跑下桥境，看见漂浮在河面上的确实是死去的婴儿，他们和树叶杂草一起漂浮而去，还有几个死婴正从桥下的阴影里漂浮出来，来到阳光闪亮的水面上。李月珍的眼睛看着水面上的死婴在河边走去时，脚被绊了一下，随后她看到有三个死婴搁浅在岸边。

正直的李月珍没有回家，她挎着菜篮直接去了报社。报社的门卫阻止她进入，看到她挎着菜篮的模样，以为她是来上访的，告诉她上访应该去市政府的信访办。李月珍在报社的大门口拦住两个刚来上班的记者，告诉他们河里出现死婴。两个记者听后奔赴现场，那时候桥上与河边已经站满人群，有人用竹竿将几个漂浮的死婴捞到岸上。

整整一个上午，两个记者和十多个市民在那里找到二十七个死婴，其中八个死婴的脚上有我们城市医院的脚牌，另外十九个死婴没有脚牌。两个记者用手机拍下照片，然后去了医院。医院的院长热情接待两个记者，以为他们是来采访的，因为医院为了缓解社会上的批评，刚刚推出解决看病难和看病贵的新政。当院长看到记者手机里死婴的图片后，脸上的笑容立即消失，他说自己马上要去市里开会，找来一个副院长应付记者。副院长看到死婴的照片后，说自己马上要去卫生局开会，找来医院办公室主任。办公室主任一脸不耐烦的神情看完死婴的照片，辨认上面的脚牌。然后说，八个有脚牌的死婴是在医治无效死亡，他们的父母因为无力承担医疗费用逃跑了。办公室主任充满委屈地说，很多患者家属为了不支付医疗费用逃跑，医院为此每年损失一百多万。办公室主任解释十九个没有脚牌的死婴是为了执行计划生育政策强行引产的六个月左右的胎儿。办公室主任傲慢地提醒记者，计划生育是国策。随后声称这二十七个死婴是医疗垃圾，他不认为医院做错了什么，说垃圾就应该倒掉。

我们城市的报纸接到上面的指示后撤下两位记者采写的报道，两位记者愤然将照片和报道文章贴到网上，社会舆论爆炸了，网上的批评之声像密集的弹片一样飞向我们的城市。这时候医院方面才承认自己的错误，他们说没有将这些医疗垃圾处理好，已经处罚了相关责任人。医院方面一次次将死婴称为医疗垃圾激怒了网民，面对来自四面八方更多谴责的弹片，市政府新闻发言人出来说话了，发言人表示会妥善处理这二十七个医疗垃圾，给予这些医疗垃圾以人的待遇，火化后埋葬。

我去医院太平间看望李月珍，走进去的时候太平间大屋子的四周摆满花圈，花圈上挂着白色的条幅，上面写着“沉痛悼念刘新成”。我不知道刘新成是谁，有这么多人送来花圈，此人显然非富即贵。我没有看到李月珍，四周的花圈让太平间的大屋子显得空空荡荡，我心里疑惑自己是否走错地方。

这时我发现旁边还有一间小屋子，我走到门口，看到一块很大的白布盖在地上，白布的凹凸让我觉得下面有人体。我蹲下去拉开白布，看见了李月珍，她一身白色衣服和一群死婴躺在地上。她躺在中间，死婴们重叠地围绕在她的四周，她就像是他们的母亲。

我潸然泪下，这位我成长岁月里的母亲安详地躺在那里，她死去的脸上仍然有着我熟悉的神态，我心酸地凝视着这个已经静止的神态，抹着眼泪，心里叫了一声妈妈。

这天晚上，我们城市发生了地质塌陷。深夜的时候，医院里的值班医生护士和病人听到了轰然声，附近居民楼的人也听到了，他们以为发生了地震，纷纷逃生出来，然后发现太平间没了，那地方出现一个很大的圆洞。这个突然出现的天坑给人们带来了恐慌，医院里的人和附近居民楼里的人不敢呆在屋子里，他们拥挤到街道上，只有重症病人继续躺在病床上听天由命。

街道上的人惊魂未定地感激起老天爷，说老天爷长眼了，让太平间塌陷下去，没让旁边的楼房塌陷下去，如果这个天坑移动几十米，无论东南西北，都会有楼房倒塌，死伤无数。很多人嘴里念叨着“谢谢老天爷”，有位老者眼泪汪汪地说：

“该塌陷的塌陷了，不该塌陷的没塌陷，老天爷真是个好人啊。”

恐慌的情绪蔓延了一个昼夜之后渐渐平静下来，市政府公布了天坑直径三十米深十五米，塌陷的原因是地下水过度抽采之后形成那里地质架空结构。五个地质环境监测人员被绳子放到天坑下面，一个多小时后他们被绳子拉上来，说太平间的屋子仍然完整，只是墙体和屋顶出现了七条裂缝。

我们城市的人络绎不绝来到这里，站在原来的太平间旁边，观赏这个天坑。他们感叹天坑真圆，像是事先用圆规画好的，就是过去的井也没有这么圆。

两天后才有人想起来李月珍和二十七个死婴那时正在太平间里，可是下到天坑里察看过太平间的五个地质环境监测人员说里面没有一具遗体。李月珍和二十七个死婴神秘失踪了。

记者采访了负责打扫太平间的医院勤工，他说那天傍晚下班离开时他们还躺在那间小屋子里。记者问他是不是火化了，他一口否定，说殡仪馆晚上是不工作的，不会火化尸体。记者又去了医院办公室，办公室的人也不知道李月珍和二十七个死婴为何不见了。他们说见鬼了，难道尸体自己从天坑里爬出来溜走了。

刚下飞机的郝霞，在悲伤和时差的折磨里搀扶着神情恍惚的父亲来到医院，询问母亲遗体的下落，医院的回答是不知道。

李月珍和二十七个死婴神秘失踪的消息传遍我们这个城市，随后又上了几个网站的首页，事情越闹越大，网上流言四起，有人怀疑这里面可能有着不可告人的原因。虽然我们城市的媒体接到指示一律不予报道，可是外地的媒体都用大标题报道了这个神秘失踪事件。不少外地记者坐飞机坐火车坐汽车来到我们这里，摆开架势准备进行大规模的深度报道。

市政府召开紧急新闻发布会，一位民政局的官员声称李月珍和二十七个死婴在太平间塌陷前的下午已经送到殡仪馆火化。记者追问火化前是否通知了死者家属。官员说二十七个死婴的家属无法联系；记者再问李月珍的家属呢。官员愣了一会儿后宣布新闻发布会结束，他说：

“谢谢大家。”

当天傍晚，民政局的官员和医院的代表给郝家送来一个骨灰盒，说是因为天热，李月珍的遗体不好保存，所以他们出面给烧掉了。三十多个小时没有睡觉的郝霞仍然神志清楚，她愤怒地喊叫：

“现在是春天。”

那个负责打扫太平间的医院勤工改口了，他告诉外地来的记者，李月珍和二十七个死婴确实是在塌陷前的下午被运到殡仪馆火化的，他说自己还帮着把他们抬进运尸车。有一个自称在银行工作的人上网发帖，说这个医院勤工当天在自己的账户上存入五千元，他怀疑这个勤工拿到了改口费。

市政府为了平息网上传言，让外地赶来的记者前往殡仪馆观看摆成一排的二十七个小小的骨灰盒，表示这二十七个死婴已经火化，接下去将会妥善安葬。可是一波未平一波又起，第二天有人报料，说李月珍和二十七个死婴的骨灰是从当天烧掉的别人的骨灰里分配出来的。这个消息迅速传播，那些当天被烧掉的死者的亲属们听到后，纷纷打开骨灰盒，普遍反映骨灰少了很多，虽然他们中间没人知道正常的骨灰应该有多少。有人去向别人打听骨灰量，被询问的人都是连连摇头，他们说从未打开过亲人的骨灰盒，不知道应该是多少。有一位外地记者专门去了殡仪馆，希望殡仪馆里有人勇敢站出来证实确有其事。殡仪馆所有的工作人员都是矢口否认，殡仪馆的领导痛斥这是网络谣言。网上有人调侃说，这个月殡仪馆员工们拿到的奖金将是以往的两倍以上。

我走出自己趋向繁复的记忆，如同走出层峦叠翠的森林。疲惫的思维躺下休息了，身体仍然向前行走，走在无边无际的混沌和无声无息的空虚里。空中没有鸟儿飞翔，水中没有鱼儿游弋，大地没有万物生长。

第四天

我继续游荡在早晨和晚上之间。没有骨灰盒，没有墓地，无法前往安息之地。没有雪花，没有雨水，只看见流动的空气像风那样离去又回来。

一个看上去也在游荡的年轻女子从我身边走过去，我回头看她，她也在回头看我。然后她走了回来，认真端详我的脸，她的声音仿佛烟一样飘忽不定，她询问地说：

“我在哪里见过你？”

这也是我的询问。我凝视这张似曾相识的脸，她的头发正在飘起，可是我没有感觉到风的吹拂，我注意到她露出来的耳朵里残存的血迹。

她继续说：“我见过你。”

她的疑问句变成了肯定句，她的脸在我记忆里也从陌生趋向熟悉。我努力回想，可是记忆爬山似的越来越吃力。

她提醒我："出租屋。"

我的记忆轻松抵达山顶，记忆的视野豁然开阔了。

一年多前，我刚刚搬进出租屋的时候，隔壁住着一对头发花花绿绿的年轻恋人，他们每天早出晚归，我不知道他们的名字，也不知道他们做什么工作。他们的头发差不多每周都会变换一种颜色，绿的、黄的、红的、棕色的、混色的，就是没有见过黑色。这两个人头发的颜色变换时总是色调一致，他们声称这是情侣色。一个月以后我知道他们在一家发廊打工，房东说他们不是理发的技师，只是发廊里的洗头工。我搬到出租屋的第三个月，他们搬走了。

他们在我隔壁房间里的言行清晰可闻，我和他们之间的墙壁只防眼睛不防耳朵。他们做爱时那张床嘎吱嘎吱响个不停，还有喘息、呻吟和喊叫，我隔壁的房间几乎每晚都会响起汹涌澎湃之声。

他们因为手头拮据经常吵架。有一次我听到女的一边哭泣一边说，再也不愿意和他这个穷鬼过下去了，她要嫁给一个富二代，不用辛苦工作，天天在家里搓麻将。男的说也不想和她过穷日子了，他要去傍个富婆，住别墅开跑车。两个人不断描绘各自富贵的前景来贬低对方，信誓旦旦说着明天就分手，各奔自己的锦绣前程。可是第二天他们像是什么也没有发生，手拉手亲密无间走出了出租屋，去发廊继续做他们钱少活累的工作。

最为激烈的一次，男的动手打了女的。我先是听到女的在讲述和她一起出来打工的一个小姐妹，她们好像来自同一个村庄，这个小姐妹是夜总会的坐台小姐，被客人看中后，出台一次可以挣一千元，如果陪客人过夜可以挣两千元，她与夜总会六四分成，她拿六，夜总会拿四，她每月能够挣到三四万元。她做了三年多，有了一些熟客，经常打电话让她过去，这样她挣到的钱不用和夜总会分成，她现在每个月能挣六七万了。女的说那位小姐妹要介绍她去夜总会坐台，已经和夜总会的经理说好了，明天就带她过去。

她问他："你让我去吗？"

他没有声音。她说想去夜总会坐台，这样可以挣很多钱，他可以不工作，她养着他。她说干上几年后挣够钱就从良，两个人回他的老家买一套房子，开一个小店铺。

她又问他："你让我去吗？"

他说话了："你会得性病艾滋病的。"

"不会的，我会让客人戴上安全套。"

"那些客人都是流氓，他们不戴安全套呢？"

"不戴安全套就不让他进来，这个世界上只有你一个男人可以不戴安全套进来。"

"不行，就是饿死了，我也不让你去夜总会坐台。"

"你想饿死，我不想饿死。"

"我说不行就是不行。"

"凭什么？我们又没结婚，就是结婚了还能离婚呢。"

"不准你再说这个。"

"我就是要说，我的小姐妹也有一个男朋友，她的男朋友愿意，你为什么不愿意。"

"她的男朋友不是人，是畜生。"

"她的男朋友才不是畜生呢，有一次她被一个客人咬伤了，她的男朋友找上门去，大骂那个客人是流氓，还揍了他一顿。"

"让自己女朋友去卖淫的不是畜生是什么？还骂人家是流氓，他自己才是流氓。"

"我不想再过这种穷日子，我受够了。iPhone3 出来时，我的小姐妹就用上了；iPhone3S 一出来，她马上换了；去年又换了 iPhone4，现在用上 iPhone4S 了。我用的这个破手机，两百元也没人要。"

"我以后会给你买一个 iPhone4S 的。"

"你吃饭的钱都不够，等你给我买的时候，都是 iPhone40S 了。"

"我一定会给你买一个 iPhone4S。"

"你是在放屁，还是在说话？"

"我在说话。"

"我不管你了，我明天就去夜总会。"

接下去我听到明显的耳光声，噼啪噼啪噼啪……

她哭叫了："你打我，你打死我吧。"

他也哭了起来："对不起，对不起。"

她伤心地哭诉："你竟然打我！你这么穷，我还和你在一起，就是因为你对我好。你打我，你好狠毒啊！"

他呜咽地说："对不起，对不起。"

我又听到了噼啪的耳光声，我觉得是男的在打自己的脸。然后是头撞墙的声响，咚咚咚咚咚咚……

她哭泣地哀求："别这样，别这样，我求你了，我求你了，我不去夜总会了，就是饿死也不去了。"

我的记忆停顿在这里。看着眼前这个神情落寞的女子，我点点头说："我见过你，在出租屋。"

她微微一笑，眼睛里流露出忧愁，她问我："你过来几天了？"

"三天，"我摇了摇头，"可能是四天。"

她低下头说："我过来有二十多天了。"

"你没有墓地？"我问她。

"没有。"

"你有吗？"她问我。

"也没有。"

她抬起头来仔细看起了我的脸，她问我："你的眼睛鼻子动过了？"

"下巴也动过了。"我说。

“下巴看不出来。”她说。

她看到我左臂上的黑布，她说：“你给自己戴上黑纱。”

我略略有些惊讶，心想她怎么知道黑纱是为我自己戴上的？

她说：“那里也有人给自己戴黑纱。”

“哪里？”我问她。

“我带你去，”她说，“那里的人都没有墓地。”

我跟随她走向未知之处。我知道了她的名字，不是她告诉我的，是我的记忆追赶上了那个离去的世界。

一个名叫刘梅的年轻女子因为男友送给她的生日礼物是山寨 iPhone4S，而不是真正的 iPhone4S，伤心欲绝跳楼自杀。这是二十多天前的热门新闻。

我们城市的几家报纸接连三天刊登了有关刘梅自杀的文章，报纸声称这是深度报道。记者们挖出不少刘梅的生平故事，她在发廊工作时结识她的男朋友，两人在三年时间里做过两份固定的工作，发廊洗头工和餐馆服务员，还有几份不固定的工作；更换五处出租屋，租金越来越便宜，最后的住处是在地下室里，那是“文革”时期修建的防空洞，废弃后成为我们这个城市最大的地下住处。报纸说城市的防空洞里居住了起码两万多人，他们被称为鼠族，他们像老鼠一样从地下出来，工作一天后又回到地下。报纸刊登了刘梅和她男朋友地下住处的图片，他们与邻居只是用一块布帘分隔。报纸说鼠族们在防空洞里做饭上厕所，里面污浊不堪，感觉空气沉甸甸的，空气已经不是空气了。

记者发现刘梅QQ空间的日志，刘梅在空间里的名字叫鼠妹。这位鼠妹自杀的前五天在日志里讲述了男朋友送给她生日礼物的过程。男朋友说是花了五千多元买的iPhone4S，她度过开心的一天，两个人在大排档吃了晚饭，第二天男朋友因为父亲生病赶回老家。她与自己的一个小姐妹见面，小姐妹用的是真正的iPhone4S，她把自己的山寨货与小姐妹的进行比较，发现自己手机上被咬掉一口的苹果比小姐妹的大了一些，而且手机的重量也明显轻了，只是显示屏的清晰度还算不错，她才知道男朋友欺骗了她，这个山寨货不到一千元。有懂行的网友在她的日志后面留言，说显示屏的分辨率高的话，应该是夏普的产品。这位网友用分辨率纠正她所说的清晰度，又纠正她所说的山寨机，说如果是夏普的显示屏，这个应该叫高仿机，价格应该在一千元以上。

鼠妹男朋友的手机因为欠费被停机，她联系不上他，只好坐到网吧里，接连五天在QQ空间上呼叫自己的男朋友，要他马上滚回来。到了第五天，她的男朋友仍然没有在空间上现身，她骂他是缩头乌龟，然后宣布自己不想活了，而且公布了自己准备自杀的时间和地点。时间是翌日中午，地点先是定在大桥上，她计划跳河自杀。有网友劝她别跳河，说是大冬天的，河水冰冷刺骨，应该找个暖和的地方自杀，说自杀也得善待自己。她问这个网友怎么才能暖和地自杀，这个网友建议她买两瓶安眠药，一口气吞下去，裹着被子做着美梦死去。别的网友说这是胡扯，医院一次只会给她十来片安眠药，她要攒足两瓶的话，自杀时间起码推迟半年。她表示不会推迟自杀时间，她决定穿上羽绒服跳楼自杀，地点定在她地下住处出口对面的居民楼的楼顶，她说出这个居民小区后，有两个住在那里的网友求她别死在他们家门口，说是会给他们带来晦气的。其中一个建议她想办法爬到市政府大楼顶上往下跳，说那样才威武，其他网友说不可能，市政府门口有武警把守，会把她当成上访的给拘押起来。她最终选择鹏飞大厦，这幢五十八层的商务楼是我们这个城市的地标建筑，这次没有网友反对了，还有网友称赞那个地方不错，说死之前可以高瞻远瞩一下。她在空间里最后的一句话是写给男朋友的，她说：我恨你。

鼠妹自杀的时候是下午。我那时候刚好走到鹏飞大厦，我的口袋里放着大学毕业证书和学士学位证书，我在网上查到鹏飞大厦里有几家从事课外教育的公司，我想去那里找一份家教的工作。

鹏飞大厦前面挤满了人，警车和消防车也来了，所有的人都是半张着嘴仰望大厦。这个冬天的第一场大雪之后，天空蔚蓝，阳光让积雪闪闪发亮。我站在那里，抬起头来，看到三十多层的外墙上站着一个小小的人影。一会儿阳光就刺痛了我的眼睛，我低下头揉起眼睛。我看到很多人和我一样，抬头看上一会儿，又低头揉起眼睛，再抬头看上一会儿。我听到嘈杂的议论，说是这个女孩在那里站了有两个多小时了。

有人问："为什么站在那里？"

有人说："自杀呀。"

"为什么自杀？"

"不想活了嘛。"

"为什么不想活了呢？"

"他妈的这还用问吗，这年月不想活的人多了去了。"

小商小贩也来了，在人群里挤来挤去，兜售起了皮夹、皮包、项链、围巾什么的，都是山寨名牌货。有兜售快活油的，有人问快活油是个什么东西？回答说一擦就勃起，坚如铁硬如钢，比伟哥还神奇；有兜售神秘物品的，低声说要窃听器吗，有人问要窃听器干吗，回答说可以窃听你老婆是不是做了别人家的小三；有兜售墨镜的，高声喊叫十元一副墨镜，还喊叫着顺口溜：看得高看得远，不怕太阳刺双眼。有些人买了墨镜，戴上后抬头继续看起鹏飞大厦上的小小人影，我听到他们说看见一个警察了，在女孩身旁的窗户探出脑袋。他们说警察正在做自杀女孩的思想工作。过了一会儿，戴上十元墨镜的那些人叫起来：警察伸出手了，女孩也伸出手了，思想工作做成啦。紧接着是啊的一片整齐的惊叫声，接着寂静了，随即我听到女孩身体砸到地面上的沉闷声响。

刘梅留在那个世界里最后的情景是嘴巴和耳朵喷射出鲜血，巨大的冲撞力把她的牛仔裤崩裂了。

“还是叫我鼠妹吧，”她说，“你当时在那里吗？”

我点点头。

“有人说我死得很吓人，说我满脸是血。”她问，“是这样吗？”

“谁说的？”

“后面过来的人。”

我没有声音。

“我是不是很吓人？”

我摇了摇头，我说：“我看见你的时候，像是睡着了，很温顺的样子。”

“你看到血了吗？”

我犹豫一下，不愿意说那些鲜血，我说：“我看到你的牛仔裤崩裂了。”

她轻轻地啊了一声，她说：“他没有告诉我这个。”

“他是谁？”

“就是后面过来的那个人。”

我点点头。

“我的牛仔裤崩裂了，”她喃喃自语，然后问我，“裂成什么样子？”

“一条一条的。”

“一条一条是什么样子？”

我想了一会儿告诉她:“有点像拖把上的布条。”

她低头看看自己的裤子，那是一条又长又宽大的裤子，是一条男人的裤子。

她说:“有人给我换了裤子。”

“这裤子不像是你的。”

“是啊,”她说,“我没有这样的裤子。”

“应该是一个好心人给你换的。”我说。

她点点头，问我:“你是怎么过来的?”

我想起自己在谭家菜的最后情景，我说:“我在一家餐馆里吃完一碗面条，正在读别人放在桌子上的一张报纸，厨房起火了，发生了爆炸，以后发生的事我就不知道了。”

她嗯的一声说:“后面过来的人会告诉你的。”

“其实我不想死,”她说,“我只是生气。”

“我知道。”我说,“警察伸出手的时候，你也伸出了手。”

“你看到了?”

我没有看到,是那些戴上十元墨镜的人看到的。我还是点点头，表示自己看到了。

“我在那里站了很久，风很大很冷，我可能冻僵了，我想抓住警察的手，脚下一滑，好像踩着一块冰……后面过来的人说报纸上没完没了说我的事。”

“三天，”我说，“也就是三天。”

“三天也很多，”她问我，“报纸怎么说我的？”

“说你男朋友送你一个山寨 iPhone，不是真正的 iPhone，你就自杀了。”

“不是这样的，”她轻声说，“是他骗了我，他说是真的 iPhone，其实是假的。他什么都不送给我，我也不会生气，他就是不能骗我。报纸是在瞎说，还说了什么？”

“说你男朋友送你山寨 iPhone 后就回去老家，好像是他父亲病了。”

“这是真的。”她点点头后说，“我不是因为那个山寨货自杀的。”

“你在 QQ 空间的日志也登在报纸上了。”

她叹息一声，她说：“我是写给他看的，我是故意这么写的，我要他马上回来。他只要回来向我道歉，我就会原谅他。”

“可是你爬上鹏飞大厦。”

“他这个缩头乌龟一直没有出现，我只好爬上鹏飞大厦，我想这时候他应该出现了。”

她停顿了一下，问我：“报纸说了没有，我死后他很伤心。”

我摇了摇头说：“报纸上没有他的消息。”

“警察说他赶来了，说他正在下面哭。”她疑惑地看着我，“所以我伸手去抓警察的手。”

我迟疑之后还是告诉她：“他没有赶来，后来三天的报纸上都没有说他当时赶来了。”

“警察也骗我。”

“警察骗你是为了救你。”

“我知道。”她轻轻地点点头。

她问我：“报纸后来说到他了吗？”

“没有。”我说。

她心酸地说：“他一直在做缩头乌龟。”

“也许他一直不知道。”我说，“他可能一直没有上网，没有看到你在日志里的话，他在老家也看不到这里的报纸。”

“他可能是不知道。”她又说，“他肯定不知道。”

“现在他应该知道了。”我说。

我跟随她走了很长的路，她说：“我很累，我想在椅子里坐下来。”

四周的空旷是辽阔的虚无，我们能够看到的只有天和地。我们看不到树木出现，看不到河水流淌，听不到风吹草动，听不到脚步声响。

我说：“这里没有椅子。”

“我想在木头的椅子里坐下来，”她继续说，“不是水泥的椅子，也不是铁的椅子。”

我说：“你可以坐在想到的椅子里。”

“我已经想到了，已经坐下了。”她说，“是木头长椅，你也坐下吧。”

“好吧。”我说。

我们一边行走，一边坐在想象的木头长椅里。我们似乎坐在长椅的两端，她似乎在看着我。

她对我说：“我很累，想在你的肩头靠一下……算了，你不是他，我不能靠在你的肩头。”

我说：“你可以靠在椅背上。”

她行走的身体向后倾斜了一下，她说：“我靠在椅背上了。”

“舒服一些吗？”

“舒服一些了。”

我们无声地向前走着，似乎我们坐在木头长椅里休息。

仿佛过去了很长时间，她在想象里起身，她说：“走吧。”

我点点头，离开了想象中的木头长椅。

我们向前走去的脚步好像快了一些。

她惆怅地说：“我一直在找他，怎么也找不到他。他现在应该知道我的事了，他不会再做缩头乌龟了，他肯定在找我。”

“你们被隔开了。”我说。

“怎么被隔开了？”

“他在那里，你在这里。”

她低下头，轻声说：“是这样。”

我说："他现在很伤心。"

"他会伤心的。"她说，"他那么爱我，他现在肯定在为我找墓地，他会让我安息的。"

她说着叹息一声，继续说："他没有钱，他的几个朋友和他一样穷，他到哪里去弄钱给我买一块墓地？"

"他会有办法的。"我说。

"是的，"她说，"他为了我什么事都愿意做，他会有办法的。"

她脸上出现欣慰的神色，仿佛追寻到那个已经离去的世界里的甜蜜往事。

她低声说："他说我是天底下最漂亮的女孩。"

然后问我："我漂亮吗？"

"很漂亮。"我真诚地说。

她开心地笑了，接着苦恼的神色爬上她的脸。她说："我很害怕，春天要来了，夏天也要来了，我的身体会腐烂，我会变成只剩下骨骼的人。"

我安慰她："他很快会给你买下一块墓地的，在春天来临之前你就可以去安息之地。"

"是的，"她点点头，"他会的。"

我们走在寂静里，这个寂静的名字叫死亡。我们不再说话，那是因为我们的记忆不再前行。这是隔世记忆，斑驳陆离，虚无又真实。我感受身旁这个神情落寞女子的无声行走，叹息那个离去的世界多么令人伤感。

我们好像走到原野的尽头，她站住脚，对我说：

“我们到了。”

我惊讶地看见一个世界——水在流淌，青草遍地，树木茂盛，树枝上结满有核的果子，树叶都是心脏的模样，它们抖动时也是心脏跳动的节奏。我看见很多的人，很多只剩下骨骼的人，还有一些有肉体的人，在那里走来走去。

我问她：“这是什么地方？”

她说：“这里叫死无葬身之地。”

两个席地而坐正在下棋的骨骼阻挡了我们，仿佛是门阻挡了我们。我们在他们跟前站立，两个骨骼正在争吵，互相指责对方悔棋，他们争吵的声音越来越高亢，如同越蹿越高的火苗。

左边的骨骼做出扔掉棋子的动作：“我不和你下棋了。”

右边的骨骼也做出同样的动作：“我也不和你下了。”

鼠妹说话了，她说：“你们别吵了，你们两个都悔棋。”

两个骨骼停止争吵，抬头看见鼠妹后张开空洞的嘴，我心想这应该是他们的笑容。然后他们注意到鼠妹身旁还有一个人，两双空洞的眼睛上下打量起了我。

左边的问鼠妹：“这是你的男朋友？”

右边的对鼠妹说：“你的男朋友太老了。”

鼠妹说："他不是我的男朋友，他也不老，他是新来的。"

右边的说："看他还带着一身皮肉就知道是新来的。"

左边的问我："你有五十多岁了吧？"

"我四十一岁。"我说。

"不可能，"右边的说，"你起码五十岁。"

"我确实四十一岁。"我说。

左边的骨骼问右边的骨骼："他知道我们的故事吧？"

右边的说："四十一岁应该知道我们的故事。"

左边的问我："你知道我们的故事吗？"

"什么故事？"

"那边的故事。"

"那边有很多故事。"

"那边的故事里我们的最出名。"

"你们的是什么故事？"

我等待他们讲述自己的故事，可是他们不再说话，专心致志下棋了。我和鼠妹像是跨过门槛那样，从他们中间跨了过去。

我跟随鼠妹走去。我一边走一边环顾四周，感到树叶仿佛在向我招手，石头仿佛在向我微笑，河水仿佛在向我问候。

一些骨骼的人从河边走过来，从草坡走下来，从树林走出来。他们走到我们面前时微微点头，虽然与我们擦肩而过，我仍然感受到他们的友善。他们中间的几个留下亲切的询问之声，有人询问鼠妹是不是见到男朋友了，有人询问我是不是刚刚过来的。他们说话的声音似乎先是漫游到别处，然后带着河水的湿润、青草的清新和树叶的摇晃，来到我的耳边。

我们又听到那两个下棋的争吵声音，像鞭炮一样在不远处的空中噼啪响起，他们的争吵听上去空空荡荡，只是争吵的响声。

鼠妹告诉我，他们两个下棋时都是赖皮，一边下棋一边悔棋，然后争吵，他们说了成千上万次要离开对方，要去火化，要去自己的墓地，可是他们说这些话的时候没有站起来过一次。

“他们有墓地？”

“他们两个都有墓地。”鼠妹说。

“为什么不去？”

鼠妹所知道的是他们来到这里十多年了，姓张的在那边是警察，他不去火化，不去墓地，是在等待那边的父母为他争取到烈士称号。姓李的男子为了陪伴他也不去火化，不去墓地。姓李的说，等到姓张的被批准为烈士后，他们两个会像兄弟一样亲密无间走向殡仪馆的炉子房，火化后再各奔自己的安息之地。

鼠妹说：“我听说他们一个杀死了另一个。”

我说：“我知道他们的故事了。”

十多年前，我的生父生母从北方的城市赶来与我相认，“火车生下的孩子”的故事有了圆满的结局之后，另一个故事开始了。我们城市的警方在一次名叫“惊雷行动”的扫黄里，抓获的卖淫女子里面有一个是男儿身，这名李姓男子为了挣钱将自己打扮成女人的模样从事卖淫。

一个名叫张刚的刚从警校毕业的年轻警察参与了“惊雷行动”，李姓男子被抓获的当天晚上，张刚审讯了他。李姓男子对自己男扮女装的卖淫毫无悔改之意，而且对自己巧妙的卖淫方式得意洋洋，声称对付那些嫖客游刃有余，他说如果不是被警方抓获，没有嫖客会发现他是个男的。他叹息自己的精力全部用在对付嫖客那里，没有提防警察，结果阴沟里翻了船。

当时的张刚血气方刚，这是他走出警校后第一次审讯。被审讯的伪卖淫女不仅没有低声下气，还摆出一副只有警校教官才会有的派头，张刚已是怒火中烧，当这个伪卖淫女将警方比喻成阴沟时，张刚忍无可忍地飞起一脚，踢中李姓男子的下身，李姓男子捂住自己的下身嗷嗷乱叫，在地上打滚了十多分钟，然后呜呜地哭叫起来：

“我的蛋子啊，我的蛋子碎了……”

张刚不屑地说：“你留着蛋子也没什么用处。”

这名李姓男子被拘留十五天，他从看守所出来后，开始了长达三年的抗议。起初他风雨无阻每天出现在公安局的大门口，手里举着一块牌子，上面写着“还我两个蛋子”。为了证明自己的两个蛋子不是摆设，而是真材实料，他不厌其烦地向行人讲解自己如何用卖淫挣来的钱再去嫖娼。

有人指出牌子上“蛋子”两个字过于粗俗，他虚心接受，将牌子上的话改成“还我一双睾丸”，并且向行人说明：

“我文明用语了。”

李姓男子旷日持久的抗议，让公安局的局长和副局长们头疼不已，每天看见李姓男子举着牌子站在大门口，实在是一个麻烦，尤其是上面领导下来视察时，会向局长和副局长们打听：

“大门外的是什么睾丸？”

局长和副局长开会商议后，把张刚调离公安局，调到下面的一个派出所，李姓男子的“一双睾丸”追随到了那个派出所。一年以后，那个派出所的所长和副所长们叫苦不迭，他们每周都要跑到局里面两次以上，向局长副局长又是送礼又是诉苦，说是派出所已经无法正常工作。局长副局长们体恤下属的苦衷，把张刚调到看守所，李姓男子的“一双睾丸”追随到看守所。看守所的所长副所长们头疼了两年后，向局长副局长们反映，说看守所外面整天晃荡“一双睾丸”，法律的尊严都没有了，所长副所长们说看守所已经忍受两年，这“一双睾丸”也该挪挪地方了。局长副局长们觉得看守所确实不容易，这“一双睾丸”也确实该换个地方。可是没有一个派出所的所长愿意接收张刚，他们知道张刚一来，这“一双睾丸”必来。

张刚知道看守所想把他弄出去，又没有一个派出所愿意接收他。他也不想在看守所呆下去，他去找公安局的局长，申请调回公安局。局长听完张刚的话，脑子里首先出现的情景就是“一双睾丸”回到公安局大门口来晃荡了。局长沉吟片刻，询问张刚是否打算换一份工作，张刚问换什么工作，局长建议张刚辞职，开一家小店什么的。局长说张刚脱警后，那“一双睾丸”也许不再跟着他了。张刚苦笑一下，告诉局长他前面只有两条路，一是把“一双睾丸”杀了，二是举着一块要求回到局里的牌子和“一双睾丸”一起站在公安局的大门口。张刚说完后，眼睛湿润了。局长对张刚的遭遇十分同情，再说局长快要退休了，他退休后也就不在乎“一双睾丸”在公安局大门外晃荡。局长站起来，走到张刚身旁，拍拍他的肩膀说：

“你回来吧。”

张刚回到公安局，李姓男子的“一双睾丸”这次竟然没有跟随而来。张刚回到局里工作一个月，另外部门的人见到他时，仍然以为他是来局里办事的，不知道他已经调回来了，问他最近为何总是往局里跑，看守所出了什么事？张刚说他调回来工作了。这些人十分惊讶，说怎么没见到大门外有“一双睾丸”，局长副局长们也感到惊讶，有一次开会时，一位副局长忍不住说：

“大门口的睾丸没了，怎么回事？”

“一双睾丸”虽然失踪了，张刚仍然有些忐忑，每天上班下班时，眼睛不由自主往大门口寻找，确定李姓男子没有出现，悬着的心才会放下。起初张刚担心李姓男子可能是病了，病愈后还会来到公安局的大门口晃荡。可是三个月过去了，半年过去了，“一双睾丸”始终没有出现，张刚终于松了一口气，觉得自己可以开始正常的工作和生活了。

一年多以后，当公安局里的人完全忘记“一双睾丸”时，李姓男子出现了。这次他没有举着“还我一双睾丸”的牌子，而是背着一个黑包长驱直入，公安局的门卫看见这个身影与一辆从里面出来的面包车擦身而过，门卫对着这个身影喊叫了几声，问他是干什么的，他头也不回地说：

“谈工作的。”

门卫叫道：“过来登记一下。”

门卫话音刚落，李姓男子已经走入公安局的大楼，他在过道里向一个警察打听张刚在哪个办公室。那个警察说张刚在五楼的503房间之后，觉得李姓男子有些面熟，不过没有想起来四年前大门口闻名遐迩的“一双睾丸”。李姓男子没有坐电梯，他担心在电梯里被人认出来，而是沿着楼梯走上五楼，他走进503房间时，有四个警察坐在里面，他一眼认出张刚，拉开黑包走过去叫上一声：

“张刚。”

正在桌子上写着什么的张刚抬起头来，认出了李姓男子，就在张刚疑惑地看着他时，他从黑包里抽出一把长刀砍向张刚的脖子，鲜血喷涌而出，张刚用手捂住脖子，身体无力地靠在椅子上，刚刚发出两声呻吟，长刀刺进他的胸口。另外三个警察这时才反应过来，三个警察起身冲过来，李姓男子从张刚的胸口拔出长刀，挥向这三个警察，三个警察只能用胳膊招架，他们被砍得鲜血淋淋，逃到走道里大声喊叫：

“杀人啦，杀人啦……”

公安局的五楼乱成一团，李姓男子浑身是血见人就砍，一边砍一边呼哧呼哧喘气。后来其他楼层的警察也赶来了，二十多个警察挥舞电棍，才将已经没有力气靠在墙上的李姓男子制服。

张刚死在送往医院的救护车里，李姓男子半年后被执行了死刑。

这个杀人案轰动我们的城市，人们议论纷纷，说这些警察平日里耀武扬威，其实个个都是废物，一个没有蛋子的男人都能够轻而易举砍死一个警察，砍伤九个警察，其中两个重伤。如果换成一群有蛋子的男人，还不将公安局杀得尸横遍野。公安局里的警察听到这些议论后很不服气，他们说不知道这个李姓男子是来杀人的，否则早就把他制服了。有一个警察对他的几个朋友说，平日里背着包来公安局的都是送礼的，谁也没想到这个人从包里拿出来的不是礼物，是一把杀人的刀。

后来的十多年里，张刚的父母一直努力为儿子争取烈士的称号。起先市公安局不同意，理由是张刚并非因公殉职。张刚的父母踏上漫漫上访路，先去省里的公安厅，后去北京的公安部。市公安局对张刚父母的上访头疼不已，有一年北京两会期间，张刚父母曾经在天安门广场上打出横幅，要求追认他们儿子为烈士。这让北京有关部门十分恼火，省里和市里的相关部门受到严厉批评。市公安局只好向上面打报告，请求追认张刚为烈士。省公安厅上报北京，北京一直没有批复。张刚的父母仍然坚持不懈上访，尤其是北京召开两会和党代会期间，他们都会跳上北上的火车，可是每次都被阻截在途中，然后关押在不同的小旅店里，等到北京的会议结束，他们才被释放。张刚父母为儿子争取烈士称号的上访故事在网上披露后，市里不再派人阻截和关押张刚父母，更换了一种方式，每当北京召开两会或者党代会的敏感时期，他们都要派人陪同张刚父母出去游山玩水，张刚父母每年都能够享受到只有领导们才能享受的公款旅游。张刚父母经历了漫长的没有结果的上访之后，绝望的心态变成了游戏的心态，每当敏感时期来临，他们就会向市里提出来，还有哪个著名的风景区没有去过，意思是要去那里旅游。市里为此叫苦不迭，说是十多年来花在张刚父母身上的钱差不多有一百万了。

第五天

我寻找我的父亲，在这里，在骨骼的人群里。我有一个奇妙的感觉，这里有他的痕迹，虽然是雁过留声般的缥缈，可是我感觉到了，就像头发感觉到微风那样。我知道即使父亲站在面前，我也认不出来，但是他会一眼认出我。我迎着骨骼的他们走去，有时候是一群，有时候是几个，我自我展览地站在他们前面，期望中间有一个声音响起：

“杨飞。”

我知道这个声音会是陌生的，如同李青的声音是陌生的那样，但是我能够从声调里分辨出父亲的叫声。在那个离去的世界里，父亲叫我的声音里总是带着亲切的声调，在这个世界里应该也是这样。

这里四处游荡着没有墓地的身影，这些无法抵达安息之地的身影恍若移动的树木，时而是一棵一棵分开的树，时而是一片一片聚集起来的树林。我行走在他们中间，仿佛行走在被砍伐过的森林里。我期待父亲的声音出现，在前面、在后面、在左边、在右边，我的名字被他喊叫出来。

我不时遇到手臂上戴着黑纱的人，那些被黑纱套住的袖管显得空空荡荡，我知道他们来到这里很久了，他们的袖管里已经没有皮肉，只剩下骨骼。他们和我相视而笑，他们的笑容不是在脸上的表情里，而是在空洞的眼睛里，因为他们的脸上没有表情了，只有石头似的骨骼，但是我感受到那些会心的微笑，因为我们是同样的人，在另外一个世界里没有人会为我们戴上黑纱，我们都是在自己悼念自己。

一个手臂上戴着黑纱的人注意到我寻找的眼神，他站立在我面前，我看着他骨骼的面容，他的前额上有一个小小洞口，他发出友好的声音。

“你在找人？”他问我，“你是找一个人，还是找几个人？”

“找一个人。”我说，“我的父亲，他可能就在这里。”

“你的父亲？”

“他叫杨金彪。”

“名字在这里没有用。”

“他六十多岁……”

“这里的人看不出年龄。”

我看着在远处和近处走动的骨骼，确实看不出他们的年龄。

我的眼睛只能区分高的和矮的，宽的和细的；我的耳朵只能区分男的和女的，老的和小的。

我想到父亲最后虚弱不堪的模样，我说：“他身高一米七，很瘦的样子……”

“这里的人都是很瘦的样子。”

我看着那些瘦到只剩下骨骼的人，不知道如何描述我的父亲了。

他问我：“你记得他是穿什么衣服过来的？”

“铁路制服，”我告诉他，“崭新的铁路制服。”

“他过来多久了？”

“一年多了。”

“我见过穿其他制服的，没见过穿铁路制服的。”

“也许别人见过穿铁路制服的。”

“我在这里很久了，我没见过，别人也不会见过。”

“也许他换了衣服。”

“不少人是换了衣服来到这里的。”

“我觉得他就在这里。”

“你要是找不到他，他可能去墓地了。”

“他没有墓地。”

“没有墓地，他应该还在这里。”

我在寻找父亲的游走里不知不觉来到那两个下棋的骨骼跟前，他们两个盘腿坐在草地上，像是两个雕像那样专注。他们的身体纹丝不动，只是手在不停地做出下棋的动作。我没有看见棋盘，也没有看见棋子，只看见他们骨骼的手在下棋，我看不懂他们是在下象棋，还是在下围棋。

一只骨骼的手刚刚放下一颗棋子，马上又拿了起来，两只骨骼的手立刻按住这只骨骼的手。两只手的主人叫了起来：

"不能悔棋。"

一只手的主人也叫了起来："你刚才也悔棋了。"

"我刚才悔棋是因为你前面悔棋了。"

"我前面悔棋是因为你再前面悔棋了。"

"我再前面悔棋是因为你昨天悔棋了。"

"昨天是你先悔棋，我再悔棋的。"

"前天先悔棋的是你。"

"再前天是谁先悔棋？"

两个人争吵不休，他们互相指责对方悔棋，而且追根溯源，指责对方悔棋的时间从天数变成月数，又从月数变成年数。

两只手的主人叫道："这步棋不能让你悔，我马上要赢了。"

一只手的主人叫道："我就要悔棋。"

"我不和你下棋了。"

"我也不和你下了。"

“我永远不和你下棋了。”

“我早就不想和你下棋了。”

“我告诉你，我要走了，我明天就去火化，就去我的墓地。”

“我早就想去火化，早就想去我的墓地了。”

我打断他们的争吵：“我知道你们的故事。”

“这里的人都知道我们的故事。”一个说。

“新来的可能不知道。”另一个纠正道。

“就是新来的不知道，我们的故事也烂大街了。”

“文明用语的话，我们的故事家喻户晓。”

我说：“我还知道你们的友情。”

“友情？”

他们两个发出嘻嘻笑声。

一个问另一个：“友情是什么东西？”

另一个回答：“不知道。”

他们两个嘻嘻笑着抬起头来，两双空洞的眼睛看着我，一个问我：“你是新来的？”

我还没有回答，另一个说了：“就是那个漂亮妞带来的。”

两个骨骼低下头去，嬉笑着继续下棋。好像刚才没有争吵，刚才谁也没有悔棋。

他们下了一会儿，一个抬头问我：“你知道我们在下什么棋？”

我看了看他们手上的动作说：“象棋。”

“错啦，是围棋。”

接着另一个问我：“现在知道我们下什么棋了吧？”

“当然，”我说，“是围棋。”

“错啦，我们下象棋了。”

然后他们两个同时问我：“我们现在下什么棋？”

“不是围棋，就是象棋。”我说。

“又错啦。”他们说，“我们下五子棋了。”

他们两个哈哈大笑，两个做出同样的动作，都是一只手捂住自己肚子的部位，另一只手搭在对方肩膀的部位。两个骨骼在那里笑得不停地抖动，像是两棵交叉在一起的枯树在风中抖动。

笑过之后，两个骨骼继续下棋，没过一会儿又因为悔棋争吵起来。我觉得他们下棋就是为了争吵，两个你来我往地指责对方悔棋的历史。我站在那里，聆听他们快乐下棋的历史和悔棋后快乐争吵的历史。他们其乐无穷地指责对方的悔棋劣迹，他们的指责追述到七年前的时候，我没有耐心了，我知道还有七八年的时间等待他们的追述，我打断他们。

“你们谁是张刚？谁是李姓，”我迟疑一下，觉得用当时报纸上的李姓男子不合适，我说，“谁是李先生？”

“李先生？”

他们两个互相看看后又嘻嘻笑起来。

然后他们说：“你自己猜。”

我仔细辨认他们，两个骨骼似乎一模一样，我说："我猜不出来，你们像是双胞胎。"

"双胞胎？"

他们两个再次嘻嘻笑了。然后重新亲密无间下起棋来，刚才暴风骤雨似的争吵被我打断后立刻烟消云散。

接着他们故伎重演，问我："你知道我们在下什么棋？"

"象棋，围棋，五子棋。"我一口气全部说了出来。

"错啦。"他们说，"我们在下跳棋。"

他们再次哈哈大笑，我再次看到他们两个一只手捂住自己肚子的部位，另一只手搭在对方肩膀的部位，两个骨骼节奏整齐地抖动着。

我也笑了。十多年前，他们两个相隔半年来到这里，他们之间的仇恨没有越过生与死的边境线，仇恨被阻挡在了那个离去的世界里。

我寻找父亲的行走周而复始，就像钟表上的指针那样走了一圈又一圈，一直走不出钟表。我也一直找不到父亲。

我几次与一个骨骼的人群相遇，有几十个，他们不像其他的骨骼，有时聚集到一起，有时又分散开去，他们始终围成一团行走着。如同水中的月亮，无论波浪如何拉扯，月亮始终围成一团荡漾着。

我第四次与他们相遇时站住脚，他们也站住了，我与他们互相打量。他们的手连接在一起，他们的身体依靠在一起，他们组合在一起像是一棵茂盛的大树，不同的树枝高高低低。我知道他们中间有男人有女人，有老人有孩子，我向他们微笑，对他们说：

“你们好！”

“你好！”

我听到他们齐声回答，有男声和女声，有苍老的声音和稚嫩的声音，我看到他们空洞的眼睛里传递出来的笑意。

“你们有多少人？”我问他们。

他们还是齐声回答：“三十八个。”

“你们为什么总是在一起？”我继续问。

“我们是一起过来的。”男声回答。

“我们是一家人。”女声补充道。

他们中间响起一个男孩的声音：“为什么你只有一个人？”

“我不是一个人。”我低头看看自己左臂上的黑纱说，“我在寻找我的父亲，他穿着铁路制服。”

我面前的骨骼人群里有一个声音说话了：“我们没有见过穿铁路制服的人。”

“他可能是换了衣服来到这里的。”我说。

一个小女孩脆生生的声音响起来：“爸爸，他是新来的吗？”

所有的男声说：“是的。”

小女孩继续问："妈妈，他是新来的吗？"

所有的女声说："是的。"

我问小女孩："他们都是你的爸爸和妈妈？"

"是的。"小女孩说，"我以前只有一个爸爸一个妈妈，现在有很多爸爸很多妈妈。"

刚才的男孩问我："你是怎么过来的？"

"好像是一场火灾。"我说。

男孩问身边的骨骼们："为什么他没有烧焦？"

我感受到了他们沉默的凝视，我解释道："我看见火的时候，听到了爆炸，房屋好像倒塌了。"

"你是被压死的吗？"小女孩问。

"可能是。"

"你的脸动过了。"男孩说。

"是的。"

小女孩问我："我们漂亮吗？"

我尴尬地看着面前站立的三十八个骨骼，不知道如何回答小女孩脆生生的问题。

小女孩说："这里的人都说我们越来越漂亮了。"

"是这样的，"男孩说，"他们说到这里来的人都是越来越丑，只有我们越来越漂亮。"

我迟疑片刻，只能说："我不知道。"

一个老者的声音在他们中间响了起来："我们在火灾里烧焦了，来到这里像是三十八根木炭，后来烧焦的一片片掉落，露出现在的样子，所以这里的人会这么说。"

这位老者向我讲述起他们的经历，另外三十七个无声地听着。我知道他们的来历了，在我父亲不辞而别的那一天，距离我的小店铺不到一公里的那家大型商场突然起火，银灰色调的商场烧成了黑乎乎木炭的颜色。市政府说是七人死亡，二十一人受伤，其中两人伤势严重。网上有人说死亡人数超过五十，还有人说超过一百。我看着面前的三十八个骨骼，这些都是被删除的死亡者，可是他们的亲人呢？

我说："你们的亲人为什么也要隐瞒？"

"他们受到威胁，也拿到封口费。"老者说，"我们已经死了，只要活着的亲人们能够过上平安的生活，我们就满足了。"

"孩子呢？他们的父母……"

"现在我们是孩子的父母。"老者打断我的话。

然后他们手牵着手，身体靠着身体从我身旁无声地走了过去。他们围成一团走去，狂风也不能吹散他们。

我远远看见两个肉体完好的人从一片枝繁叶茂的桑树林那边走了过来。这是衣着简单的一男一女，他们身上所剩无几的布料不像是穿着，像是遮蔽。他们走近时，我看清了女的身上只有黑色的内裤和胸罩，男的只有蓝色的内裤。女的一副惊魂未定的表情，蜷缩着身体走来，双手放在大腿上，仿佛在遮盖大腿。男的弯腰搂住她走来，那是保护的姿态。

他们走到我面前，仔细看着我，他们的目光像是在寻找记忆里熟悉的面容。我看见失望的表情在他们两个的脸上渐渐浮现，他们确定了不认识我。

男的问我："你是新来的？"

我点点头，问他们："你们也是新来的，你们是夫妻？"

他们两个同时点头，女的发出可怜的声音："你在那边见过我们的女儿吗？"

我摇了摇头，我说："那边人山人海，我不知道哪个是你们的女儿。"

女的伤心地垂下了头，男的用手抚摸她的肩膀，安慰她："还会有新来的。"

女的重复我刚才的话："可是那边人山人海。"

男的继续说："总会有一个新来的在那边见过小敏。"

小敏？我觉得这是一个曾经听到过的名字。我问他们："你们是怎么过来的？"

他们脸上掠过丝丝恐惧的神色，这是那个离去世界里的经历投射到这里的阴影。他们的眼睛躲开我的目光，可能是眼泪在躲开我的目光。

然后男的讲述起那个可怕的经历。他们住在盛和路上，市里要拆除那里的三幢楼房，那里的住户们拒绝搬迁，与前来拆迁的对抗了三个多月，拆迁的在那个可怕的上午实施了强拆行动。他们夫妻两个下了夜班清晨回家，叫醒女儿，给她做了早餐，女儿背着书包去上学，他们上床入睡。他们在睡梦里听到外面扩音器发出的一声声警告，他们太疲倦了，没有惊醒过来。此前他们听到过扩音器发出的警告声，见到过推土机严阵以待的架式，可是在与住户们对峙之后，扩音器和推土机撤退而去。所以他们以为又是来吓唬的，继续沉溺在睡梦里。直到楼房响声隆隆剧烈摇晃起来，他们才被吓醒。他们住在楼房的一层，男的从床上跳起来，拉起女的朝门口跑去，男的已经打开屋门，女的突然转身跑向沙发去拿衣服，男的跑回去拉女的，楼房轰然倒塌。

男的讲述的声音在这里戛然而止，女的哭泣之声响起了。

“对不起，对不起……”

“不要说对不起。”

“我不该拿衣服……”

“来不及了，你就是不拿衣服也来不及了。”

“我不拿衣服，你就不会跑回来，你就能逃出去。”

“我逃出去了，你怎么办？”

“你逃出去了，小敏还有父亲。”

我知道他们的女儿是谁了，就是那个穿着红色羽绒服坐在钢筋水泥的废墟上，在寒风里做作业等待父母回来的小女孩。

我告诉他们："我见到过你们的女儿，她叫郑小敏。"

他们两个同时叫了起来："是的，是叫郑小敏。"

我说："她念小学四年级。"

"是的，"他们急切地问，"你怎么知道的？"

我对男的说："我们通过电话，我是来做家教的那个。"

"你是杨老师？"

"对，我是杨飞。"

男的对女的说："他就是杨老师，我说我们收入不多，他马上答应每小时只收三十元。"

女的说："谢谢你。"

在这里听到感谢之声，我苦笑了。

男的问我："你怎么也过来了？"

我说："我坐在一家餐馆里，厨房起火后爆炸了。我和你们同一天过来的，比你们晚几个小时。我在餐馆里给你手机打过电话，你没有接听。"

"我没有听到手机响。"

"你那时候在废墟下面。"

"是的，"男的看着女的说，"手机可能被压坏了。"

女的急切地问："小敏怎么样了？"

"我们约好下午四点到你们家，我到的时候那三幢楼房没有了……”

我犹豫之后，没有说他们两个在盛和路强拆事件中的死亡被掩盖了。我想，一个他们夫妻两人同时因公殉职的故事已经被编造出来，他们的女儿会得到两个装着别人骨灰的骨灰盒，然后在一个美丽的谎言里成长起来。

“小敏怎么样了？”女的再次问。

“她很好，”我说，“她是我见过的最懂事的孩子，你们可以放心，她会照顾好自己的。”

“她只有十一岁。”女的心酸地说，“她每次出门上学，走过去后都会站住脚，喊叫爸爸和妈妈，等我们答应了，她说一声‘我走了’，再等我们答应了，她才会去学校。”

“她和你说了什么？”男的问。

我想起了在寒风里问她冷不冷，她说很冷，我让她去不远处的肯德基做作业，我说那里暖和，她摇摇头，说爸爸妈妈回来会找不到她的。她不知道父母就在下面的废墟里。

我再次犹豫后，还是把这些告诉了他们，最后说：“她就坐在你们上面。”

我看见泪水在他们两个的脸上无声地流淌，我知道这是不会枯竭的泪水。我的眼睛也湿润了，赶紧转身离去，走出一段路程后，身后的哭声像潮水那样追赶过来，他们两个人哭出了人群的哭声。我仿佛看见潮水把身穿红色羽绒服的小女孩冲上沙滩，潮水退去之后，她独自搁浅在那边的人世间。

我看到了这里的盛宴。在一片芳草地上，有硕果累累的果树，有欣欣向荣的蔬菜，还有潺潺流动的河水。死者分别围坐在草地上，仿佛围坐在一桌一桌的酒席旁，他们的动作千姿百态，有埋头快吃的，有慢慢品尝的，有说话聊天的，有抽烟喝酒的，有举手干杯的，有吃饱后摸起了肚子的……我看见几个肉体的人和几个骨骼的人穿梭其间，他们做出来的是端盘子的动作和斟酒的动作，我知道这几个是服务员。

我走了过去，一个骨骼的人迎上来说："欢迎光临谭家菜。"

这个少女般的声音说出来的谭家菜让我一怔，然后我听到一个陌生的声音喊叫我的名字。

"杨飞。"

我沿着声音望去，看到谭家鑫一瘸一拐地快步走了过来，他的右手是托着一个盘子的动作。我看见了他脸上的喜悦表情，这是在那个离去的世界里没有见过的表情，在那里他面对我的时候只有苦笑。他走到我跟前，欣喜地说：

"杨飞，你是哪天到这里的？"

"昨天。"我说。

"我们过来四天了。"

谭家鑫说话时，右手一直是托着盘子的动作。他回头喊叫他的妻子和女儿，还有女婿。他大声喊叫他们的名字，把自己的喜悦传递给他们：

“杨飞来啦。”

我见到谭家鑫的妻子、女儿和女婿走来了，他们的手都是端着盘子和提着酒瓶的动作。谭家鑫对着走来的他们说：

“谭家菜今天开张，杨飞今天就来了。”

他们走到我跟前，笑呵呵地上下打量我。谭家鑫的妻子说：“你看上去瘦了一些。”

“我们也瘦了。”谭家鑫快乐地说，“来到这里的人都会越来越瘦，这里的人个个都是好身材。”

谭家鑫的女儿问我：“你怎么也到这里来了？”

“我没有墓地。”我说，“你们呢？”

谭家鑫的脸上掠过一丝哀愁，他说：“我们的亲戚都在广东，他们可能还不知道我们的事。”

谭家鑫的妻子说：“我们一家人在一起。”

快乐的表情回到了谭家鑫的脸上，他说：“对，我们一家人在一起。”

我问谭家鑫：“你的腿断了？”

谭家鑫笑声朗朗地说：“腿断了我走路更快。”

这时那边响起了叫声：“我们的菜呢，我们的酒呢……”

谭家鑫转身对那边喊叫一声：“来啦。”

谭家鑫右手是托着盘子的动作，一瘸一拐地快步走去。他的妻子、女儿和女婿是端着盘子提着酒瓶的动作，他们向着那边急匆匆地走去。

谭家鑫走去时回头问我："吃什么？"

"还是那碗面条。"

"好咧。"

我寻找到一个座位，坐在草地上，感觉像是坐在椅子上。我的对面坐着一个骨骼，他做出来的只有饮酒的动作，没有用筷子夹菜吃饭的动作，他空洞的眼睛望着我手臂上的黑纱。

我觉得他的穿着奇怪，黑色的衣服看上去很宽大，可是没有袖管，暴露出了骨骼的手臂和肩膀，黝黑的颜色仿佛经历长年累月的风吹日晒。黑衣在两侧肩膀处留下了毛边，两只袖管好像是被撕下的。

我们互相看着，他先说话了："哪天过来的？"

"第五天了，"我说，"到这里是昨天。"

他举起酒杯一饮而尽，放下酒杯后是斟酒的动作。

他感叹道："孤零零一个人。"

我低头看看自己手臂上的黑纱。

"你还知道给自己戴上黑纱过来，"他说，"有些孤零零的冒失鬼来到这里，没戴黑纱，看见别人戴着黑纱，就羡慕上了，就来缠着我，要我撕给他们一截袖管当作黑纱。"

我看着他暴露在外的骨骼的手臂和肩膀，微微笑了起来。他做出了举杯一饮而尽和放下酒杯的动作。

他用手比划着说:“原来的袖管很长,都超过手指,现在你看看,两个肩膀都露出来了。”

“你呢，”我问他，“你不需要黑纱？”

“我在那边还有家人，”他说，“他们可能忘掉我了。”

他做出拿起酒瓶的动作和给酒杯斟酒的动作，动作显示是最后一杯了，他再次做出一饮而尽的动作。

“好酒。”他说。

“你喝的是什么酒？”我问他。

“黄酒。”他说。

“什么牌子的黄酒？”

“不知道。”

我笑了，问他:“你过来多久了？”

“忘了。”

“忘了的话，应该很久了。”

“太久了。”

“你在这里应该见多识广，我请教一个问题。”我说出了思绪里突然出现的念头，“我怎么觉得死后反而是永生。”

他空洞的眼睛看着我没有说话。

我说:“为什么死后要去安息之地？”

他似乎笑了，他说：“不知道。”

我说：“我不明白为什么要把自己烧成一小盒灰？”

他说：“这个是规矩。”

我问他：“有墓地的得到安息，没墓地的得到永生，你说哪个更好？”

他回答：“不知道。”

然后他扭头喊叫：“服务员，埋单。”

一个骨骼的女服务员走过来说：“五十元。”

他做出了将五十元放在桌子上的动作，对我点点头后起身，离去时对我说：

“小子，别想那么多。”

我看着他身上宽大的黑色衣服和两条纤细的骨骼手臂，不由想到甲壳虫。他的背影逐渐远去，消失在其他骨骼之中。

谭家鑫的女婿走过来，双手是端着一碗面条的动作，随后是递给我的动作，我的双手是接过来的动作。

我做出把那碗面条放在草地上的动作，感觉像是放在桌子上。然后我的左手是端着碗的动作，右手是拿着筷子的动作，我完成了吃一口面条的动作，我的嘴里开始了品尝的动作。我觉得和那个已经离去世界里的味道一样。

我意识到四周充满欢声笑语，他们都在快乐地吃着喝着，同时快乐地数落起了那个离去世界里的毒大米、毒奶粉、毒馒头、假鸡蛋、皮革奶、石膏面条、化学火锅、大便臭豆腐、苏丹红、地沟油。

在朗朗笑声里，他们赞美起了这里的饮食，我听到新鲜美味健康这样的词汇接踵而来。

一个声音说："全中国只有两个地方的食品是安全的。"

"哪两个地方？"

"这里是一个。"

"还有一个呢？"

"还有一个就是那边的国宴。"

"说得好，"有人说，"我们在这里享受的是国宴的吃喝待遇。"

我微笑时发现自己吃面条的动作没有了，我意识到已经吃完，这时听到旁边有人喊叫：

"埋单。"

一个骨骼的服务员走过来，对他说："八十七元。"

他对服务员说："给你一百。"

服务员说："找你十三元。"

他说："谢啦。"

整个结账过程只是对话，动作也没有。这时谭家鑫一瘸一拐向我走过来，他手里是端着一个盘子的动作，我知道是送给我一个果盘，我做出接过来的动作。他在我对面坐下来，对我说：

"这是刚刚摘下来的新鲜水果。"

我开始了吃水果的动作，我感觉到了甘美香甜，我说："谭家菜这么快又开张了。"

"这里没有公安、消防、卫生、工商、税务这些部门。"他说，"在那边开一家餐馆，消防会拖上你一两年，说你的餐馆有火灾隐患；卫生会拖上你一两年，说你卫生条件不合格。你只有给他们送钱送礼了，他们才允许你开业。"

随即他有些不安地问我："你没有恨我们吧？"

"为什么要恨你们？"

"我们把你堵在屋子里。"

我想起在那个世界里的最后情景，谭家鑫的眼睛在烟雾里瞪着我，对我大声喊叫。

我说："你好像在对我喊叫。"

"我叫你快跑。"他叹了一口气说，"我们谁也没有堵住，就堵住了你。"

我摇摇头说："不是你们堵住我，是我自己没有走。"

我没有告诉他那张报纸和报纸上关于李青自杀的报道，这个说起来过于漫长。

也许以后的某一个时刻，我会向他娓娓道来。

谭家鑫仍然在内疚里不能自拔，他向我解释为何在厨房起火后，他们要堵住大门让顾客付钱后再走，他说他的饭馆经营上入不敷出三年多了。

“我昏了头。”他说，“害了自己，害了家人，也害了你。”

“来到这里也不错，”我说，“我父亲也在这里。”

“你父亲在这里？”谭家鑫叫了起来，“他怎么没有一起来？”

“我还没有找到他。”我说，“我觉得他就在这里。”

“你找到后，一定要带他过来。”谭家鑫说。

“我会带他过来的。”我说。

谭家鑫在我对面坐了一会儿，他不再是愁眉不展，而是笑容满面。他起身离开时再次说，找到父亲后一定要带他到这里来尝一尝。

然后我结账了，一个骨骼的女声走过来，我想她是谭家鑫刚刚招收来的服务员。她对我说：

“面条十一元，果盘是赠送的。”

我说：“给你二十元。”

她说：“找你九元。”

我们之间也是只有对话，没有动作。当我起身走去时，这个骨骼的女声在后面热情地说：

“谢谢光临！欢迎下次再来！”

在一片青翠欲滴的竹林前，一个袖管上戴着黑纱的骨骼走到我面前。我注意到他前额上的小小圆洞，我见过他，向他打听过父亲的行踪。我向他微笑，他也在微笑，他的微笑不是波动的表情，而像轻风一样从他空洞的眼睛和空洞的嘴里吹拂出来。

“那里有篝火。”他说，“就在那里。”

我顺着他的手指望向天边似的望向远处。远处的草地正在宽广地铺展过去，草地结束的地方有闪闪发亮的迹象，像是一根丝带，我感到那是河流。那里还有绿色的火，看上去像是打火机打出来的微小之火。我看见一些骨骼的人从山坡走下去，从树林走出来，陆续走向那里。

“过去坐一会儿吧。”他说。

“那是什么地方？”我问他。

“河边，”他说，“有一堆篝火。”

“你们经常去那里？”

“不是经常，每隔一段时间去一次。”

“这里的人都去？”

“不是，”他看看我袖管上的黑纱，又指指自己袖管上的黑纱说，“是我们这样的人。”

我明白了，那里是自我悼念者的聚集之地。我点点头，跟随他走向丝带般的河流和微小的篝火。我们的脚步在草丛里延伸过去，青草发出了嗞嗞响声。

我看着他袖管上的黑纱，问他：“你是怎么过来的？”

“快九年了。”他说。

他的声音里出现了追忆的调子：“那时候我结婚两年多，我老婆有精神病，结婚前我不知道，只和她见过三次，觉得她笑起来有些奇怪，我心里不踏实，我父母觉得没什么，女方的家境很好，嫁妆很多，嫁妆里还有一张两万元的存折。我们那边的农村很穷，找对象结婚都是父母做主，两万元可以盖一幢两层的楼房，我父母就定下这门亲事，结婚后知道她有精神病。

“她还好，不打不闹，就是一天到晚嘿嘿笑个不停，什么活儿都不干。我父母后悔了，觉得对不起我，但是他们不让我离婚，说楼房盖起来了，用的是她嫁妆的钱，不能过河拆桥。我也没想到要离婚，我想就这样过下去吧，再说她在精神病里面算是文静的，晚上睡着了和正常人没什么两样。

“那年的夏天，她离家出走，她自己也不知道走到什么地方。我出去找她，我父母和哥哥嫂子也出去找她，去了很多地方，到处打听她，没有她的消息。我们找了三天，找不到她，就去告诉她娘家的人，她娘家的人怀疑是我把她害死的，就去县里公安局报案。

“她出走的第五天，离我们村两公里远的地方有一个池塘里浮起来一具女尸，夏天太热，女尸被发现时已经腐烂，认不出样子，警察让我和她娘家的人去辨认，我们都认不出来，只是觉得女尸的身高和她差不多。警察说女尸淹死和她出走是同一天，我觉得就是她，她娘家的人也觉得就是她。我想她可能是不小心走进池塘里去的，她有精神病，不知道走进池塘会淹死的。我心里还是有点难过，不管怎样我们做了两年多的夫妻。

“过了两天，警察来问我，她出走那天我在做什么，那天我进城了，我是晚上回家发现她不在的。警察问有没有人可以证明我进城了，我想了想说没有，警察给我做了笔录就走了。她娘家的人认定是我杀了她，警察也这么认为，就把我抓了起来。

“我父母和哥哥嫂子开始不相信我会杀她，后来我自己承认杀了她，他们就相信了。他们很伤心，也怨恨我，我让他们做人都抬不起头来，我们那边的农村就是这样，家里出了个杀人犯，全家人都不敢见人。法庭宣判我死刑时他们一个都没有来，她娘家的人都来了。我不怪他们，我被抓起来后，他们想来见我，警察不让他们见，他们都是老实巴交的人，不知道我是冤枉的。

“我承认杀了她是没有办法，警察把我吊起来打，逼我认罪，屎尿都被他们打出来了，我的两只手被捆绑起来吊了两天，因为失血有四根手指黑了，他们说是坏死了。以后他们就把我反吊起来打，两只脚吊在上面，头朝下，反吊起来打最疼的不是身上了，是眼睛，汗水是咸的，流进眼睛跟针在扎着眼睛那么疼。我想想还是死了好，就承认了。”

他停顿了一下问我：“为什么眉毛要长在眼睛上面？”

“为什么？”

“为了挡汗水。”

我听到他的轻轻笑声，像是独自的微笑。

他指指自己的后脑，又指指自己前额上的圆洞说：“子弹从后面打进去，从这里出来的。”

他低头看看自己袖管上的黑纱，继续说：“我来到这里，看见有人给自己戴着黑纱，也想给自己戴，我觉得那边没有人给我戴黑纱，我的父母和哥哥嫂子不敢戴，因为我是杀人犯。我看见一个人，穿着很长很宽的黑衣服，袖管很长，我问他能不能撕下一截袖管给我，他知道我要它干什么，就撕下来一截送给我。我戴上黑纱后心里踏实了。

“在我后面过来的人里边，有一个知道我的事，他告诉我，我被枪毙半年后，我的精神病老婆突然回家了，她衣服又脏又破，脸上也脏得没人能认出来，她站在家门口嘿嘿笑个不停，站了半天，村里有人认出了她。

“那边的人终于知道我是冤枉的，我父母和哥哥嫂子哭了两天，觉得我太可怜了，政府赔偿给他们五十多万，他们给我买了一块很好的墓地……”

“你有墓地？”我问他，“为什么还在这里？”

“我那时候把黑纱取下来，扔在一棵树下，准备去了，走出了十多步，舍不得，又回去捡起来戴上。”他说，“戴上黑纱，我就不去了。”

“你不想去安息了？”我问。

“我想去，”他说，“我那时候想反正有墓地了，不用急，什么时候想去了就去。”

“多少年了？”

“八年了。”

“墓地还在吗？”

“还在，一直在。”

“你打算什么时候去？”

“以后去。”

我们走到了自我悼念者的聚集之地。我的眼前出现宽阔的河流，闪闪发亮的景象也宽阔起来。一堆绿色篝火在河边熊熊燃烧，跳跃不止的绿色火星仿佛是飞舞的萤火虫。

已经有不少戴着黑纱的骨骼坐在篝火旁，我跟着他走了进去，寻找可以坐下的位置，我看到一些坐下的骨骼正在移动，为我们腾出一个又一个空间，我站在那里犹豫不决，不知道应该走向哪个。看到他走到近旁的位置坐下，我也走过去坐下来。我抬起头来，看见还有正在走来的，有的沿着草坡走来，有的沿着河边走来，他们像涓涓细流那样汇集过来。

我听到身旁的骨骼发出友好的声音：“你好。”

“你好”形成轻微的声浪，从我这里出发，围绕着篝火转了一圈，回到我这里后掉落下去。

我悄声问他：“他们是在问候我吗？”

“是的，”他说，“你是新来的。”

我感到自己像是一棵回到森林的树，一滴回到河流的水，一粒回到泥土的尘埃。

戴着黑纱的陆续坐了下来，仿佛是声音陆续降落到安静里。我们围坐在篝火旁，宽广的沉默里暗暗涌动千言万语，那是很多的卑微人生在自我诉说。每一个在那个离去的世界里都有着不愿回首的辛酸事，每一个都是那里的孤苦伶仃者。我们自己悼念自己聚集到一起，可是当我们围坐在绿色的篝火四周之时，我们不再孤苦伶仃。

没有说话，没有动作，只有无声的相视而笑。我们坐在静默里，不是为了别的什么，只是为了感受我们不是一个，而是一群。

我在静默的围坐里听到火的声音，是舞动声；听到水的声音，是敲击声；听到草的声音，是摇曳声；听到树的声音，是呼唤声；听到风的声音，是沙沙声；听到云的声音，是飘浮声。

这些声音仿佛是在向我们倾诉，它们也是命运多舛，它们也是不愿回首。然后，我听到夜莺般的歌声飞来了，飞过来一段，停顿一下，又飞过来一段……

我听到一个耳语般的声音："你来了。"

我走向这个陌生的声音，像是雨水从屋檐滴到窗台上的声音，清晰和轻微。我判断出这是一个女人的声音，饱经风霜之后，声音里有着黄昏时刻的暗淡，可是仍然节奏分明，像是有人在敲门，一下，两下，三下。

“你来了。”

我有些疑惑，这个声音是不是在对我说？可是声音里有着遥远的亲切，记忆深处的那种亲切，让我觉得声音就是在对我说，说了一遍又一遍。接着我又听到了夜莺般的歌声，波浪一样荡漾过来。“你来了”的声音踏着夜莺般的歌声向我而来。

我走向夜莺般的歌声和“你来了”的声音。

我走进一片树林，感到夜莺般的歌声是从前面的树上滑翔下来的。我走过去，注意到树叶越来越宽大，然后我看见一片片宽大摇曳的树叶上躺着只剩下骨骼的婴儿，他们在树叶的摇篮里晃晃悠悠，唱着动人魂魄的歌声。我伸出手指，一个个数过去，数到二十七个以后没有了，我放下手。这个数字让我心里为之一动，我的记忆瞬间追赶上那个离去的世界，我想起漂浮在河水里和丢弃在河岸边的二十七个被称为医疗垃圾的死婴。

“你来了。”

我看见一个身穿宽大白色衣服的骨骼坐在树木之间芳草丛中，她慢慢站了起来，叹息一声，对我说：

“儿子，你怎么这么快就来了？”

我知道她是谁了，轻轻叫了一声：“妈妈。”

李月珍走到我跟前，空洞的眼睛凝视我，她的声音飘忽不定，她说：“你看上去有五十多岁了，可是你只有四十一岁。”

“你还记得我的年龄。”我说。

“你和郝霞同龄。”她说。

此刻郝霞和郝强生在另一个世界里的美国，我和李月珍在这个世界里的这里。郝霞和郝强生离开时，我送他们到机场，他们飞到上海后再转机去美国。我请求郝强生，让我来捧着骨灰盒，我要送这位心里的母亲最后一程。

“我看见你们去了机场，看见你捧着骨灰盒。”李月珍说着摇了摇头，“不是我的骨灰，是别人的。”

我想到别人的骨灰以她的名义安葬在了美国，我告诉她：“郝霞说已经给你找好安息之地，说以后爸爸也在那里。”

我没有说下去，因为我想到多年后郝强生入土时，不会和李月珍共同安息，他将和一个或者几个残缺不全的陌生者共处一隅。

李月珍空洞的眼睛里滴出了泪珠，她也想到这个。泪珠沿着她石头似的脸颊流淌下去，滴落在几根青草上。然后她空洞的眼睛里出现笑意，她抬头看看四周夜莺一样歌唱的婴儿，她说：

“我在这里有二十七个孩子，现在你来了，我就有二十八个了。”

她只剩下骨骼的手指抚摸起了我左臂上的黑布，她知道我是在悼念自己，她说：

“可怜的儿子。”

我冰冷的心里出现了火焰跳跃般的灼热。有一个婴儿不小心从树叶上滚落下来，他吱吱哭泣着爬到李月珍跟前，李月珍把他抱到怀里轻轻摇晃了一会儿，再把他放回到宽大的树叶上，这个婴儿立刻快乐地加入到其他婴儿夜莺般的歌唱里去了。

“你是怎么过来的？”李月珍问我。

我把自己在那边的最后情景告诉了她，还说了李青千里迢迢来向我告别。

她听后叹息一声说：“李青不应该离开你。”

也许是吧，我心想。如果李青当初没有离开我，我们应该还在那个世界里过着平静的生活，我们的孩子应该上小学了，可能是一个中学生。

我想起李月珍和二十七个死婴的神秘失踪，殡仪馆声称已经将她和二十七个死婴火化了，网上有人说她和二十七个死婴的骨灰是从别人的骨灰盒里分配出来的。

“我知道这些，”她说，“后面过来的人告诉我的。”

我抬头看看躺在宽大树叶上发出夜莺般歌声的婴儿们，我说：“你把他们抱到这里？”

“我没有抱他们，”她说，“我走在前面，他们在后面爬着。”

李月珍说那天深夜没有听到轰然响起的塌陷声，但是她醒来了。此前她沉溺在三个沉睡里，她在第一个沉睡里见到辽阔的混沌，天和地浑然一体，一道光芒像地平线那样出现，然后光芒潮水似的涌来，天和地分开了，早晨和晚上也分开了；在第二个沉睡里见到空气来了，快速飞翔和穿梭；在第三个沉睡里见到水从地上蔓延开来，越来越像大海。

然后她醒来了，身体似乎正从悬崖掉落，下坠的速度让她的身体竖立起来，她慢慢扯开那块白布，像是清除堵在门前的白雪，她的双脚开始走动，走出天坑底下的太平间，冷清的月光洒满天坑，她的双脚踩到犬牙交错似的坑壁，以躺着的姿态走出天坑。

她走在被灯光照亮的城市里，行人车辆熙熙攘攘，景物依旧，可是她的行走置身其外。

她像是回家那样自然而然走到自己居住的楼房前，可是她不能像回家那样走进去，无论她的双腿如何摆动，也无法接近那幢楼房，那是她离开人世的第三个夜晚。她看见六楼的窗口闪过一个女人的身影，心里怦然而动，那是郝霞，女儿回来了。

接下去的两个昼夜里，她没有停止自己向前的步伐，可是渐行渐远。那个窗口一直没有出现郝强生，也没有出现我，郝霞也只是出现一次。她看见陆续有人搬着桌子椅子柜子，搬着茶几沙发，搬着床从楼房里出来，她知道这些与她朝夕相处几十年的家具卖掉了，那套房子也卖掉了，她的丈夫和女儿即将飞往美国。

她终于看见我们，在下午的时刻，郝强生捧着骨灰盒在郝霞的搀扶下走出楼房，郝霞右手还提着一只很大的行李袋，我提着两个很大的行李箱跟在后面，我们三个站在路边，一辆出租车停下，我和司机一起把两个行李箱和郝霞手里的行李袋放进后备箱。她看见我对郝强生说了几句话，郝强生把骨灰盒交给我，我捧起骨灰盒，郝霞与郝强生坐进后座，我坐进前座，出租车驶去了。

她知道这是永别的时刻，郝强生和郝霞要去遥远的美国，她潸然泪下，身体奔跑起来，可是奔跑仍然让她远离我们，她站住了，看着出租车消失在街上的车流里。

她哭出了声音，哭了很久后听到身后有嗞嗞的声响，仿佛也是哭泣之声，她回头看见二十七个婴儿排成一队匍匐在地，他们似乎和她一样伤心。当她的哭泣停止后，他们嗞嗞的哭声也停止了。她不知道他们跟在她的后面爬出天坑，又一直跟着她爬到这里。她看着前面渐渐远去的城市，又回头看看二十七个婴儿，知道自己失去了什么，又得到了什么。

她轻声对婴儿们说："走吧。"

身穿白色衣裤的李月珍缓步前行，二十七个婴儿排成一队在她后面爬行。阳光是陈旧的黄色，他们穿过闹哄哄的城市，走进宁静之中，迎来银灰色的月光，他们在宁静里越走越深。

越过生与死的边境线之后，李月珍踏上一片芳草地，青青芳草摩擦了后面爬行的二十七个婴儿的脖子，痒痒的感觉让二十七个婴儿发出咯吱的笑声。芳草地结束之后是一条闪闪发亮的河流，李月珍走入河水，河水慢慢上升到她的胸口，又慢慢下降到她的脚下，她来到对岸；二十七个婴儿在水面上爬行过去，他们呛到水了，咳嗽的声音一直响到对岸。他们过河入林，在树林里李月珍不知不觉哼唱起某一个曲调，后面二十七个婴儿也哼唱起来。

李月珍停止哼唱后，二十七个婴儿没有停止，夜莺般的歌声一直响到现在。

“你父亲来过，”李月珍说，“杨金彪来过。”

我吃惊地看着她，她继续说：“他走了很远的路来到这里，他很累，在这里躺了几天，一直在念叨你。”

“他不辞而别去了哪里？”

“他上了火车，去了当年丢弃过你的地方。”

我铭记着与父亲最后一夜的对话。我们挤在小店铺的狭窄床上，窗外路灯的光亮似乎昏昏欲睡，夜风正在抚摸我们的窗户。父亲第一次在我面前哭了，他讲述我四岁时，为了一个姑娘把我丢弃在那个陌生城市的一块石头上，他描述那块青色石头的粗粝和石头表面的平滑，他把我放在平滑的上面。他为此指责自己的狠心，一声又一声。可是父亲不辞而别，我没有想到这个，我去了很多地方找他，却没有想到他会坐上火车去了那里。

我父亲穿上崭新的铁路制服，这是他最新的制服，一直舍不得穿，直到离去的时候才穿在身上。他拖着虚弱不堪的身体登上火车，吃力地找到自己的座位，身体刚刚在座位上安顿下来，火车就启动了。看着站台缓缓后退而去，他突然感到自己剩下的时间已经不多，他不知道这么一走是否还能再见到我。

父亲告诉李月珍，在那个晚上，他没有睡着，一直在听着我均匀的呼吸声和时而出现的鼾声，中间有一会儿我没有声息，他担心了，伸手摸了我的脸和脖子，我被惊醒，支起身体看着他，他闭上眼睛假装睡着。他说我在黑暗里摸了摸他的身体，小心翼翼地把他的胳膊放进被子里。

我摇摇头，告诉李月珍："我不知道这些。"

李月珍指了指身前树下的草丛说："他就躺在这里，一直在说话。"

我父亲找到了那个地方，可是没有找到那块青色的石头和那片树林，还有那座石板桥和那条没有河水的小河；他记得石板桥的对面应该有一幢房屋，房屋里应该有孩子们唱歌的声音，他没有找到那幢房子，没有听到孩子们的歌声。父亲告诉李月珍，一切都变了，连火车也变了。当年他和我乘坐的火车黎明时刻驶出站台，中午才到达那座小城。后来他独自一人乘坐的仍然是黎明时刻出发的火车，可是一个多小时就到了那里。

李月珍问他："你还记得那个地名？"

"记得，"他说，"河畔街。"

他在早晨的阳光里走出那个城市的车站，他的身旁都是背着行李袋拖着行李箱快步走去的旅客，他们像冲锋一样。他缓慢移动的身体上空空荡荡，没有行李袋也没有行李箱，可是他的身体比那些行李袋和行李箱都要沉重。他缓步走向出站口，他的双手无力下垂，几乎没有甩动。

他站在车站前的广场上，声音虚弱地询问从身旁匆忙经过的那些健康身体是不是本地人，他询问了二十多个，只有四个说自己是本地人，他向他们打听怎么去河畔街，前面三个年轻人都不知道河畔街在哪里，第四个是老人，知道河畔街，告诉他需要换乘三次公交车才能到那里。他登上一辆公交车，拖着奄奄一息的身体，在举目无亲的城市里寻找起那个遗弃过我的陌生之地。

李月珍问他："为什么去那里？"

他说："我就想在那块石头上坐一会儿。"

他找到那个地方的时候已是下午。拥挤的公交车让他筋疲力尽，下了一辆之后他需要在街边坐上很长时间，才有力气登上另一辆。他辗转三次公交车，在距离河畔街三百多米的公交车站下车。接下来的三百米路程对于他比三千米还要漫长，他艰难前行，步履沉重，两只脚仿佛是两块石头一样提不起来，只能在人行道上慢慢移动，走上五六米之后，他就要扶住一棵树休息片刻。他看到街边有一家小吃店，觉得自己应该吃点东西，就在店外人行道上摆着的凳子上坐下来，双臂搁在桌子上支撑身体，他给自己要了一碗馄饨。他吃下去三口就呕吐起来，吐在随身携带的塑料袋里。坐在旁边吃着的人一个个端起饭碗跑进小吃店里面，他声音微弱地对他们说了几声对不起，接着继续吃，继续呕吐。然后他吃完了，也吐完了，他觉得吃下去的比吐出来的多，身体有一些力气了，他摇晃着站起来，摇晃着走向河畔街。

他告诉李月珍："那地方全是高楼，住了很多人。"

昔日的小河没有了，昔日的石板桥也没有了。他听到孩子们的声音，不是昔日孩子们歌唱的声音，而是今日孩子们嬉戏的声音。他们在一个儿童游玩的区域里坐着滑梯大声喊叫，孩子们的爷爷奶奶一边聊天一边看护他们。这里已是一个住宅小区，高楼下的小路像是一条条夹缝，车和人在里面往来。他打听小河在哪里，石板桥在哪里，住在这里的人都是从别处搬过来的，他们说没有小河没有石板桥，从来都没有。他问这里是叫河畔街吗，他们说是。他又问这里以前叫河畔街吗，他们说以前好像也叫河畔街。

"没有小河了，还叫河畔街？"李月珍问他。

"地名没有变，其他都变了。"他说。

他用虚弱的声音继续向他们打听这里有没有小树林，树林的草丛里还应该有一块青色的石头。有一个人告诉他，没有小树林，草丛倒是有，在小区旁边的公园里，草丛里也有石头。他问公园有多远，那人说很近，只有两百米，可是这两百米对他来说仍然是一次艰难的跋涉。

他走到那个公园时已是黄昏，落日的余辉照耀着一片草地，草地上错落有致凸显的几块石头上有着夕阳温暖的颜色，他在这几块石头里寻找记忆中的那块石头，感到中间那块有些发青的石头很像我当初坐在上面的那一块。他缓慢地走到那块石头旁，想坐在上面，可是身体不听使唤滑了下去。他只能靠着石头坐在草地上，那一刻他感到自己没有力气再站起来了。他的头歪斜在石头上，无力地看着近处一个身穿蓝色破旧衣服的流浪汉在一个垃圾桶里找吃的，流浪汉从桶里找出一个可乐瓶，拧开盖子往自己嘴里倒进剩下的几滴可乐。流浪汉举起的手在张开的嘴巴上摇动几下，又把可乐瓶扔回垃圾桶，然后转过身来盯着他。流浪汉的眼睛像鹰眼一样看着他，他垂下了眼睛。过了一会儿，他抬起眼睛看到流浪汉坐在垃圾桶旁的一把椅子上，流浪汉的目光仍然盯着他，他感觉那目光盯住自己身上崭新的铁路制服。

“我看见杨飞了，”他对李月珍说，“就在那块石头上。”

这是弥留之际，他沉没在黑暗里，像是沉没在井水里，四周寂静无声。高楼上的灯光熄灭了，天上的星星和月亮也熄灭了。随即突然出现一片灿烂光芒，当初他丢弃我的情景在光芒里再现了。他看见四岁的我坐在石头上，穿着一身蓝白相间的小水手服，这是他决定丢弃我时给我买来的。一个小水手坐在青色的石头上，快乐地摇晃着两条小腿。他悲哀地对我说，我去买点吃的；我快乐地说，爸爸，多买点吃的。

可是这个光芒灿烂的情景转瞬即逝，一双粗鲁的手强行脱去他的铁路制服，把已经走到死亡边缘的他暂时呼唤了回来。他感到身体已经麻木，残存的意识让他知道那个流浪汉正在干什么，流浪汉脱下自己破旧的蓝色衣服，穿上他崭新的铁路制服。他微弱地说，求求你。流浪汉听到他的声音，俯下身体。他说，两百元。流浪汉摸了摸他的衬衣口袋，从里面摸出两百元，放进刚刚属于自己的铁路制服的口袋。他再次微弱地说，求求你。流浪汉再次听到他的哀求，站在那里看了他一会儿，蹲下去把破旧的蓝色衣服给他穿上。

流浪汉听到他临终的声音："谢谢。"

黑暗无边无际，他沉没在万物消失之中，自己也在消失。然后他好像听到有人在呼唤"杨飞"，他的身体站立起来，站起来时发现自己行走在空旷孤寂的原野上，呼唤"杨飞"的正是他自己。他继续行走继续呼唤，杨飞、杨飞、杨飞、杨飞、杨飞、杨飞、杨飞……只是声音越来越低。他在原野上走了很长的路，不知道走了一天，还是走了几天，他对我名字的持续呼唤，让他来到自己的城市。他的"杨飞"的呼唤声像路标那样，引导他来到我们的小店铺，他在店铺前的街道对面伫立很久，不知道是几天还是十几天，店铺的门窗一直关闭，我一直没有出现。

他伫立在那里，四周熟悉的景象逐渐陌生起来，街道上来往的行人和车辆开始模糊不清，他隐约感到自己伫立的地方正在变得虚无缥缈。可是店铺一直是清晰的，他也就一直站在那里，期待店铺的门窗打开，我从里面走出来。店铺的门窗终于打开了，他看见一个女人从里面走出来，转身和店铺里的一个男人说话。他看清楚了，店铺里的男人不是我，他失落地低下头，转身离去。

"杨飞把店铺卖了，去找你了。"李月珍告诉他。

他点点头说："我看见走出来的是别人，知道杨飞把店铺卖了。"

后来他一直在走，一直在迷路，持续不断的迷路让他听到夜莺般的歌声。他跟随着歌声走去，见到很多骨骼的人在走来走去，他穿梭其间，在夜莺般的歌声引导下走进一片树林，树叶越来越宽大，一些宽大的树叶上躺着晃晃悠悠的婴儿，夜莺般的歌声就是从这里飘扬起来的。一个穿着白色衣服的女人从树木和草丛里走了过来，他认出是李月珍。李月珍也认出他，那时候他们两个都还有着完好的形象。他们站在发出夜莺般歌声的婴儿中间，诉说起各自在那个离去世界里的最后时刻。他向李月珍打听我，李月珍所知道的最后情景,就是我去了他的村庄,后来的她不知道了。

他太累了，在二十七个婴儿夜莺般的歌声里躺了几天，躺在树叶之下草丛之上。然后他站起来，告诉李月珍他想念我，他太想见上我一面，即使是远远看我一眼，他也会知足。他重新长途跋涉，在迷路里不断迷路，可是他已经不能接近城市，因为他离开那个世界太久了。他日夜行走，最终来到殡仪馆，这是两个世界仅有的接口。

他走进殡仪馆的候烧大厅，就像我第一次走进那里一样，听着候烧者们谈论自己的寿衣、骨灰盒和墓地，看着他们一个个走进炉子房。他没有坐下来，一直站在那里，然后他觉得候烧大厅应该有一名工作人员，他是一个热爱工作的人。当一个迟到的候烧者走进来时，他不由自主迎上去为他取号，又引导他坐下。然后他觉得自己很像是那里的工作人员，他在中间的走道上走来走去。有一天，他的右手无意中伸进流浪汉给他穿上的破旧蓝色衣服的口袋，摸出一副破旧的白手套，他戴上白手套以后，感到自己俨然已是候烧大厅里正式的工作人员。日复一日，他在候烧者面前彬彬有礼行使自己的职责；日复一日，他满怀美好的憧憬，知道只要守候在这里，三十年、四十年、五十年……他就能见上我一面。

李月珍的声音暂停在这里。我知道父亲在哪里了，殡仪馆候烧大厅里那个身穿蓝色衣服戴着白手套的人，那个脸上只有骨头没有皮肉的人，那个声音疲惫而又忧伤的人，就是我的父亲。

李月珍的声音重又响起，她说我父亲曾经从殡仪馆回到这里，走到她那里讲述他如何走进殡仪馆的候烧大厅，如何在那里开始自己新的职业，说完他就转身离去。李月珍说他那么匆忙，可能是不应该离开那里。

李月珍说话的声音像是滴水的声音，说出的每一个字都如一颗落地的水珠。

第六天

一个迷路者在迟疑不决的行走中来到这里，给鼠妹带来她的男朋友在另一个世界里的消息。

这个年轻人走到我们中间，迷惘地看看遍地的青草和茂盛的树木，又迷惘地看看这里行走的人，很多骨骼的人和几个肉体的人，他自言自语：

“我怎么会走到这里？”

他继续说：“好像有五天了，我一直在走来走去，我不知道怎么会走到这里的。”

我身边的一个声音告诉他：“有人死了一天就到这里，有人死了几天才到这里。”

“我死了？”他疑惑地问。

这个声音问他：“你没有去过殡仪馆？”

“殡仪馆？”他问，“为什么要去殡仪馆？”

“人死了都要去殡仪馆火化。”

“你们都火化了？”他疑惑地向我们张望，“你们看上去不像是一盒一盒的骨灰。”

“我们没有火化。”

“你们也没有去殡仪馆？”

“我们去过殡仪馆了。”

“去了为什么没有火化？”

“我们没有墓地。”

“我也没有墓地。”他喃喃自语，“我怎么会死了？”

另一个声音说：“后面过来的人会告诉你的。”

他摇了摇头说：“我刚才遇到一个人，他说是刚过来的，他不认识我，他不知道我是怎么过来的，他也不知道自己是怎么过来的。”

我准备前往殡仪馆候烧大厅去见我的父亲，现在这个年轻人让我站住了。他的身体似乎扁了一些，衣服的前胸有着奇怪的印记，我仔细察看后觉得那是轮胎留下的痕迹。

我问他：“你能记得最后的情景吗？”

“什么最后的情景？”他问我。

“你想一想，”我说，“最后发生了什么？”

他脸上出现了努力回想的表情，过了一会儿他说：“我只记得很浓的雾，我站在街上等公交车，其他的我不记得了。”

我想起自己第一天离开出租屋走在浓雾里的情景，经过一个公交车站时响起很多汽车碰撞的声响，还有一辆轿车从浓雾里冲出来，随即惨叫的人声沸水似的响起。

“你是不是在一个公交车站的站牌旁边？”我问他。

他想了一下后说：“是，我是站在那里。”

“站牌上有没有 203 路？”

他点点头说：“有 203 路，我就是在等 203 路。”

我告诉他：“是车祸把你送到这里来的，你衣服上有轮胎的痕迹。”

“我是在车祸里死的？”他低头看看衣服胸前，似乎明白了，“好像有东西把我撞倒，又从我身上轧过去。”

他看看我，又看看身旁的骨骼们，对我说：“你和他们不一样。”

“我刚刚过来，”我说，“他们过来很久了。”

一个骨骼说：“你们很快就会和我们一样的。”

我对他说：“过了春天，再过了夏天，我们就和他们一样了。”

他脸上出现不安的神色，问那个骨骼：“会不会很疼？”

“不疼，”骨骼说，“就像秋风里的树叶那样一片片掉落。”

“可是树叶会重新长出来。”他说。

“我们的不会重新长出来。”骨骼说。

他若有所思地点点头：“我知道了。”

这时一个女人的声音过来了：“肖庆。”

“好像有人在叫我。”他说。

“肖庆。”女人的声音再次响起。

“奇怪，这里还有人认识我。”他满脸疑惑地东张西望起来。

“肖庆，我在这里。”

鼠妹正在走来。她穿着那条男人的宽大长裤，踩着裤管走来。这个名叫肖庆的年轻人愕然地看着走来的鼠妹，鼠妹的声音走在她身体的前面。

“肖庆，我是鼠妹。”

“你听起来不像鼠妹，看起来像鼠妹。”

“我就是鼠妹。”

“你真的是鼠妹？”

“真的是。”

鼠妹走到我们跟前，问肖庆：“你怎么也来了？”

肖庆指指自己的胸前说：“是车祸。”

鼠妹看着肖庆衣服上的轮胎痕迹问：“那是什么？”

肖庆说：“车轮从这里轧过去的。”

鼠妹问：“疼吗？”

肖庆想了一下说：“不记得了，我好像叫了一声。”

鼠妹点点头，问他：“你见过伍超吗？”

“见过。”肖庆说。

“什么时候见的？”

“我来这里的前一天还见到他。”

鼠妹转过身来告诉我们，在那边的世界里，肖庆也是住在地下防空洞里的鼠族，她和她的男朋友伍超一年多前认识了肖庆，他们是地下的邻居。

鼠妹问肖庆：“伍超知道我的事吗？”

“知道，”肖庆说，“他给你买了一块墓地。”

“他给我买了墓地？”

“是的，他把钱交给我，让我去给你买的墓地。”

“他从哪里弄来的钱给我买墓地？”

鼠妹坠楼身亡的时候，伍超正在老家守候病重的父亲。等到父亲病情稳定之后，伍超赶回城市的地下住所已是深夜，他没有见到鼠妹，轻轻叫了几声，没有回答。防空洞里的鼠族们都在梦乡里，他沿着狭窄的通道走过去，寻找说话的声音，他觉得鼠妹可能在某一块布帘后面跟人聊天。他没有听到说话的声音，只听到男人的鼾声和女人的呓语，还有婴儿的哭声。他又觉得鼠妹可能坐在网吧里在网上跟人聊天，他向着防空洞的出口走去，见到下了夜班回来的肖庆，肖庆告诉他，鼠妹已经不在人间，三天前死去的。

肖庆说，伍超听完鼠妹在鹏飞大厦跳楼自杀后纹丝不动，过了一会儿浑身颤抖起来，连连摇头说不可能，不可能，然后向着防空洞的出口奔跑过去。

伍超跑进距离地下住所最近的一家网吧，在电脑前读完鼠妹在QQ空间上的日志，又看了一篇有关鼠妹自杀的报道。这时候他确信鼠妹已经死了，已经永远离开他了。

他失去知觉似的坐在闪亮的电脑屏幕前，直到屏幕突然黑了，他才起身走出网吧，见到一个在深夜的寂静里走来的陌生人，他幽幽地走过去，声音颤抖地对这个陌生人说，鼠妹死了。

这个陌生人吓了一跳，以为遇上一个精神病人，快步走到街道对面，走去时还警惕地回头张望他。

伍超如同一个阴影游荡在城市凛冽的寒风里。他在黑夜的城市里没有目标地走着，不知道自己走了多长时间，不知道自己走在什么地方，就是经过鹏飞大厦也没有抬起头来看一看。他一直走到天亮，仍然没有走出自己的迷茫。在早晨熙熙攘攘上班的人群里，他嘴里还在不断说着，鼠妹死了。

街上迎接伍超的都是视而不见的表情，只有一个与他并肩而行的人，见到他不停地流泪不停地说着，好奇地问他，鼠妹是谁？他呆呆地想了一会儿回答，刘梅。这个人摇摇头说不认识，拐弯走去了。伍超看着他离去的背影轻声说，她是我的女朋友。

天黑的时候，伍超回到地下的住所，躺在和鼠妹共同拥有的床上神情恍惚，中间他睡着几次，又在睡梦中哭醒几次。

第二天，他没有泪水也没有哭声，不吃不喝躺在床上，木然听着地下邻居们炒菜的声响和说话的声响，还有孩子在防空洞里奔跑喊叫的声响，他不知道他们在做什么说什么，只知道有很多声响起起落落。

他沉陷在回想的深渊里，鼠妹时而欢乐时而忧愁的神情，一会儿点亮一会儿熄灭。很长时间过去后，他意识到自己接下去应该做的是尽快让鼠妹得到安息。鼠妹生前有过很多愿望，他几乎没有让她满足过一个，她抱怨过一次又一次，然后一次又一次忘记抱怨，开始憧憬新的。现在他觉得拥有一块墓地应该是她最后的愿望，可是他仍然没有能力做到这个。

这时候一个男人的声音在那些嘈杂声响里脱颖而出，让他听清楚了，这个男人正在讲述他认识的一个人卖掉一个肾以后赚了三万多元。

他在床上坐起来，心想卖掉自己一个肾换来的钱，可以给鼠妹买下一块墓地。

他走出防空洞，走进那家网吧。他想起以前浏览网页时看到过卖肾的信息，他搜索一下就找到一个电话号码，他向网吧里的人借了一支圆珠笔，将电话号码写在手心里，走出网吧，走到一个公用电话亭，拨打手心里的号码。对方在电话里详细询问了他，确定他是一个卖肾的，约他在鹏飞大厦见面。他听到鹏飞大厦时心里不由哆嗦一下，鼠妹就是在那里坠落的。

他来到鹏飞大厦，这里车来人往，声音喧哗，他和自己的影子站在一起。一辆又一辆轿车从他身旁的地下车库进去和出来，他几次抬起头，看着大厦玻璃上闪耀出来的刺眼阳光，他不知道鼠妹曾经站在哪里。

一个穿着黑色羽绒服的人走到他面前，小声问："你是伍超？"

伍超点点头，这个人小声说："跟我走。"

伍超跟着他挤上一辆公交车，几站后下车，又上了另一辆公交车。他们换乘了六次公交车以后，好像来到了近郊，伍超跟着这个人走到一个居民小区门口，这个人让伍超一直往里走，自己站在小区门口拨打手机。伍超走进这个有些寂寞的小区，他看到不远处的一幢楼房前出现一个抽烟的人，伍超走近了，这人将香烟扔在地上踩灭了，问他：

"你是卖肾的？"

伍超点点头，这人挥一下手，让伍超跟着他走进楼房，沿着斑驳的水泥楼梯走到地下室，这人打开地下室的门以后，夹杂着烟卷气息的污浊空气扑面而来，在昏暗的灯光下，伍超看到里面有七个人抽着烟坐在床上聊天，只有一张床空着，伍超走向这张床。

伍超上缴了身份证，签署了卖肾协议，体检抽血后等待配型。他开始另一种地下生活，睡在油腻滑溜的被子里，这条从来没有洗过的被子不知道有多少人睡过，充斥着狐臭、脚臭和汗臭。那个送他到地下室的人每天进来两次，给他们送几盒便宜的香烟，送两次饭，中午是白菜土豆，晚上是土豆白菜。地下室里没有桌子也没有椅子，他们坐在床上吃饭，有两个总是蹲在地上吃。地下室里散发着阵阵异味，那七个人轮番抽烟的时候可以压住异味，当他们睡着了，伍超就会在强烈的异味里醒来，感觉胸口被堵住似的难受。

这七个都是年轻人，他们无所事事地抽烟聊天，聊建筑工地上的事，聊工厂里的事，聊搬家公司里的事，他们似乎做过很多工作。他们卖肾都是为了尽快挣到一笔钱，他们说就是干上几年的苦力，也挣不到卖掉一个肾的钱。他们憧憬卖肾以后的生活，可以给自己买一身好衣服，买一个苹果手机，可以去高档宾馆住上几晚，去高档餐馆吃上几顿。憧憬之后，他们陷入到焦虑之中，这七个人都在这里等待一个多月，仍然没有得到配型成功的消息。其中一个已经去过五个城市的卖肾窝点，每个窝点呆了不到两个月就被赶走，说他的肾没人要，肾贩子只给他四五十元的路费，他靠这四五十元买张火车票去另一个城市的另一个卖肾窝点。他说自己身无分文，只能在一个接着一个卖肾窝点像乞丐一样活着。

这个人显得见多识广，有人抱怨这里伙食太差，说不是白菜土豆就是土豆白菜，他说这里的伙食不算差，每周还能吃到一次豆腐，喝上一次鸡架汤；他说自己曾经去过的一个卖肾窝点，两个月里天天吃一些烂菜。有人担心切肾手术是否安全时，他一副过来人的腔调，说这个说不准，这个全靠运气。他说肾贩子都是没良心的，有良心的不会干这活，肾贩子为了省钱不会去请正规的外科医生，正规医生要价高，肾贩子请来切肾的都是兽医。

听说是兽医来给自己切肾，其他几个年轻人愤愤不平，说他妈的肾贩子挣这么多钱还这么缺德。

这个人倒是见怪不怪，他说这年月缺德的人缺德的事还少吗？再说兽医也是医生，这些兽医专门给人切肾，切多了熟能生巧，医术可能比正规医院里的外科医生还要高明。

他愤愤不平的是自己的肾竟然没有人要。他说自己是运气不好，始终没有配型成功。他说全国每年有一百万个肾病患者靠着透析维持生命，而合法的肾移植手术只有四千例左右。他的肾怎么会没人要？那是一对一百万的比例。肯定是那些负责配型的男王八蛋女王八蛋没有仔细工作，把他一个好肾活活耽误了将近一年。他说这次再被赶走的话，他要先去庙里烧香，求菩萨保佑他尽快卖掉自己的肾，然后再买张车票跳上火车去下一个卖肾窝点。

伍超来到地下室以后没有说过一句话，无动于衷地听着他们东拉西扯，就是听到是兽医来做切肾手术时仍然无动于衷，只是在想到鼠妹时会有阵阵心酸。他祈求能够尽早配型成功，卖肾后就能立即给鼠妹买下一块墓地。可是地下室里的七个人等待这么久了，其中一个快一年了仍然没有配型成功，这让他焦虑不安起来，失眠也来袭击他，他在污浊和充满异味的床上辗转反侧无法入睡。

伍超来到地下室的第六天，那个只是在送饭时间出现的人，在不是送饭的时间里出现了，他打开门叫了一声：

“伍超。”

躺在油腻滑溜被子里的伍超还没有反应过来，地下室里的另外七个人互相看来看去，意识到名叫伍超的不是他们中间的一个，而是那个进来后一言不发的人，他们惊讶地叫了起来：

“这么快。”

站在门口的人说：“伍超，你配上了。”

伍超掀开油腻滑溜的被子，在另外七个人羡慕的眼神里穿上衣服和鞋，他走向门口时，那个去过五个城市卖肾窝点的人对伍超说：

“你是闷声不响发大财。”

伍超跟随那个人，沿着斑驳的水泥楼梯向上走到了四楼。敲开一扇门以后，伍超看到一个中年男子坐在沙发里。这个中年男子友好地让伍超坐下，然后讲解起了人体其实只需要一个肾，另一个肾是多余的，好比阑尾，可以留着，也可以切掉。

伍超不关心这些，他问中年男子：“一个肾能换多少钱？”

中年男子说：“三万五千。”

伍超心想这些钱买一块墓地够了，他点了点头。

中年男子说：“这里是给钱最多的，别的地方只给三万。”

中年男子告诉伍超，不用担心手术，他们请来的都是大医院里的医生，这些医生是来捞外快的。

伍超说：“他们说是兽医做手术。”

“胡说。”中年男子很不高兴地说，“我们请来的都是正规的外科医生，切一个肾要付给他们五千元。”

伍超住进了五楼的一个房间，里面有四张床，只有一个人躺在屋里，这是一个已经做完切肾手术的人，他看到伍超进来时友好地微笑，伍超也向他微笑。

这个人的切肾手术很成功，他可以支撑起身体靠在床头和伍超说话。他说自己不再发烧，过几天就可以出去了。他问伍超为什么要卖肾，伍超低头想了想，对他说：

“为我女朋友。”

“和我一样。”他说。

他告诉伍超，他在农村老家有一个相处了三年的女朋友，他想娶她，可是女方家里提出来要先盖好一幢楼房，才可以娶她过去。他就出来打工，打工挣到的钱少得可怜，他要干上八年十年才能挣到盖一幢楼房的钱。那时候他的女朋友早就被别人娶走了，他急需盖楼的钱，所以就来卖肾，他说：

“这钱来得快。”

他说着笑了起来，他说他们那里都是这样，没有一幢楼房就别想结婚。他问伍超，你们那边的农村也一样吧？

伍超点点头。他的眼睛突然湿润了，他想起了鼠妹，不离不弃一直跟着穷困潦倒的他。他低下头，不想让对方看见他的眼泪。

过了一会儿，他抬起头来问：“你女朋友为什么不出来打工？”

“她想出来，”这人说，“可是她父亲瘫痪了，母亲也有病，他们只有她一个女儿，没有儿子，她出不来。”

伍超想到鼠妹的命运，没头没脑地说了一句：“还是不出来好。”

五楼的生活和地下室截然不同，没有污浊的空气，被子是干净的；白天有阳光，晚上有月光。早晨能够吃到一个鸡蛋，一个包子，喝上一碗粥；中午和晚上吃的是盒饭，里面有时候是肉，有时候是鱼。

伍超在阳光里醒来，在月光里睡着。在这个城市里，他很久没有这样的生活了，差不多有一年多，他在既没有阳光也没有月光的地下醒来和睡着。现在他觉得阳光和月光是那么地美好，他闭上眼睛都能感受它们的照耀。他的窗外是一棵在冬天里枯黄的树，虽然枯黄了，仍然有鸟儿飞过来停留在树枝上，有时候会对着他们的窗户鸣叫几声，然后拍打着翅膀飞过一个又一个屋顶。他想到鼠妹，跟着他一年多没有享受过在月光里睡着在阳光里醒来的生活，不由心疼起来。

三天后，伍超跟随那个中年男子走进一个没有窗户的房间，一个戴着眼镜医生模样的人让他在一张简易的手术台上躺下来，一盏强光灯照射着他，他闭上眼睛后仍然感到眼睛的疼痛。麻醉之后，他失去了知觉。当他醒来时，已经躺在房间自己的床上，屋子里寂静无声，同屋的那个人已经走了，只有他一个人躺在这里。他看到枕头旁放着一袋抗生素和一瓶矿泉水，他稍稍动一下，感到腰的左侧阵阵剧疼，他知道左边的一个肾没有了。

中年男子每天过来看他两次，要他按时服用抗生素，告诉他过一个星期就没事了。伍超独自一人躺在五楼的屋子里，每天来看望他的是飞来的鸟儿，它们有的从窗前飞过，有的会在树枝上短暂停留，它们叽叽喳喳的叫声像是无所事事的聊天。

一个星期后，中年男子给了他三万五千元，叫来一辆出租车，派两个手下的人，把他送回到防空洞里的住所。

伍超回来了，防空洞里的邻居们看到两个陌生人把伍超抬进来，抬到他的床上。然后他们知道他卖掉了一个肾，是为了给鼠妹买下一块墓地。

伍超躺在床上，几天后抗生素吃完了，仍然高烧不退，有几次他陷入到昏迷里，醒来后感到身体似乎正在离开自己。那些地下的邻居都来探望他，给他送一些吃的，他只能喝下去很少的粥汤。几个邻居说要把他送到医院去，他艰难地摇摇头，他知道一旦去了医院，卖肾换来的钱就会全部失去。他相信自己能够挺过去，可是这个信念每天都在减弱，随着自己昏迷过去的次数越多，他知道不能亲自去给鼠妹挑选墓地了，为此他流出难过的泪水。

伍超有一次从昏迷里醒来，声音微弱地问身边陪伴他的几个邻居："有鸟儿飞过来了？"

几个邻居说："没有鸟。"

伍超继续微弱地说："我听到鸟叫了。"

其中一个邻居说：“我刚才过来时看见一只蝙蝠。”

“不是蝙蝠，”伍超说，“是鸟儿。”

肖庆说，最后一次去看望伍超的时候，伍超睁开眼睛都很吃力了，伍超请求他帮忙。告诉他枕头下面压着三万五千元，让他取出来三万三千元，去给鼠妹买一块墓地，再买一块好一点的墓碑，还有骨灰盒。他说还有两千元留给自己，他需要这些钱让自己挺过去活下来，每年清明的时候去给鼠妹扫墓。

他说完这些后，呻吟地侧过身去，让肖庆去枕头下面取钱。他嘱咐肖庆，墓碑上要刻上“我心爱的鼠妹之墓”，再刻上他的名字。肖庆取了三万三千元离开时，伍超又轻声把他叫回去，说把墓碑上的“鼠妹”改成“刘梅”。

鼠妹在哭泣。哭声像是沥沥雨声，飘落在这里每一个的脸上和身上，仿佛是雨打芭蕉般的声音。鼠妹的哭声在二十七个婴儿夜莺般的歌声里跳跃出来，显得唐突和刺耳。

很多骨骼的人凝神细听，互相询问是谁在唱歌，唱得这么忧伤？有人说不是唱歌，是哭声，那个新来的漂亮姑娘在哭，那个穿着一条男人长裤的漂亮姑娘在哭，那条裤子又宽又长，那个漂亮姑娘每天踩着裤管走来走去，现在她没有走来走去，她坐在地上哭。

鼠妹坐在河边的树叶下草丛里，她的身体靠在树上，她的腿上覆盖青草和正在青草里开放的野花，她的近旁是潺潺流动的河水。鼠妹挂在脸上的泪珠像是挂在树叶上的晨露，她嘴里哼唱哭泣之声，双手正在将那条男人的长裤改成女人的长裙。

肖庆如同一个路标那样站在鼠妹身旁，看着漫山遍野走来骨骼的人，还有十多个肉体的人，从零散走向集中。他们走到近前，聆听肖庆的讲述，肖庆的表情像是正在遗忘的旅途上，他的讲述东一句西一句，如同是在讲述梦中断断续续没头没尾的情景。

这里所有的人走过来了，他们知道鼠妹即将前往安息之地，他们轻声细语说着，说来到这里的人没有一个离开，鼠妹是第一个离开的，而且鼠妹还有完好无损的肉体和完好无损的美丽。

这里的人群黑压压，他们都想走上去看一看坐在树叶下草丛里哭泣着缝制长裙的鼠妹，于是他们围成一圈在鼠妹四周走动。他们走动时井然有序地前后穿插，有的向前，有的退后，这样的情景恍若水面上一层又一层盛开的波浪，每一个都用无声的目光祝福这个即将前往安息之地的漂亮姑娘。

一个苍老的声音步出围绕鼠妹行走的人群，对一直低头哭泣，低头缝制长裙的鼠妹说：

“孩子，应该净身了。”

鼠妹仰起挂满泪珠的脸，愕然看着这个声音苍老的骨骼，停止缝制的动作。

“你已到入殓的时候，”苍老的声音说，“应该净身了。”

鼠妹说：“我还没有缝好我的裙子。”

很多女声说：“我们替你缝。”

几十个女性的骨骼走向鼠妹，向她伸出了几十双骨骼的手。鼠妹举起手里没有完成的长裙，不知道交给哪双手。有两个声音对她说：

“我们在制衣厂打过工。”

鼠妹把未完成的长裙交给她们，仰脸看着站在她面前的苍老骨骼，有些害羞地询问：

“我可以穿着衣服吗？”

苍老的骨骼摇了摇头说：“穿着衣服不能净身。”

鼠妹低下头去，动作缓慢地让外衣离开身体，又让内衣离开身体，当她的双腿在青草和开放的野花里呈现出来时，她的内裤也离开了身体。鼠妹美丽的身体仰躺在青草和野花上面，双腿合并后，双手交叉放在腹部，她闭上眼睛，像是进入睡梦般的安详。鼠妹身旁的青草和野花纷纷低下头弯下腰，仿佛凝视起她的身体，它们的凝视遮蔽了她的身体。于是我们看不见她的身体了，只看见青草在她身上生长，野花在她身上开放。

苍老的骨骼说：“那边的人知亲知疏，这里没有亲疏之分。那边入殓时要由亲人净身，这里我们都是她的亲人，每一个都要给她净身。那边的人用碗舀水净身，我们这里双手合拢起来就是碗。”

苍老的骨骼说完摘下一片树叶，合拢在手中向着河水走去，围绕鼠妹的人群走出整齐的一队，每一个都摘下一片树叶合拢在手中，排出长长一队的树叶之碗，跟随苍老的骨骼走向河边。如同一个线团里抽出一根线那样，划出一道弧度越来越长地走去。苍老的骨骼第一个蹲下身去，他双手合拢的树叶之碗舀起河水后起身走了回来，他身后的人也是同样的动作。苍老的骨骼双手捧着树叶里的清清河水走到仰躺在那里的鼠妹跟前，双手分开后将树叶之碗里的河水洒向鼠妹身上生长的青草和开放的野花，青草和野花接过河水后抖动着浇灌起了鼠妹。

苍老的骨骼左手提着那片湿润的树叶，右手擦着眼睛走去，似乎是在擦去告别亲人的泪水。其他的人也像他一样，双手合拢捧着树叶之碗里的河水走到鼠妹那里，双手分开洒下净身之水。他们跟随这个苍老的骨骼走向远处，犹如一条羊肠小道延伸而去。有的左手提着树叶，有的右手提着树叶，树叶在微风里滴落了它们最后的水珠。

那三十八个葬身商场火灾的骨骼一直是围成一团走来走去，现在他们分开了，一个个蹲下去用合拢双手的树叶之碗舀水后，又一个个站起来，依次走到鼠妹那里，依次将手中河水从头到脚洒向鼠妹身上的青草和野花。那个小女孩开始呜咽了，男孩也呜咽起来，接着另外三十六个骨骼同时发出了触景生情的呜咽之声。他们的身体虽然分开行走，他们的呜咽之声仍然围成一团。

谭家鑫一家人也在漫长的行列里，他们用双手合拢的树叶之碗捧着河水，像其他人一样低着头慢慢走到鼠妹那里，洒下手中之水，也洒下他们对即将前往安息之地的鼠妹的祝福。谭家鑫的女儿双手擦着泪水走去，身体微微颤抖，她手中的树叶飘落在地，她不知道自己的安息之地将在何处？谭家鑫伸手搂住女儿的肩膀，对她说：

“只要一家人在一起，在哪里都一样。”

十多年来一直席地而坐一边下棋一边悔棋争吵的张刚和李姓男子也来了，他们虔诚地捧着树叶之碗里的河水，虔诚地洒向鼠妹身上的青草和野花。离去时，李姓男子几次回头张望，张刚看出他渴望前去安息之地的眼神，用自己骨骼的手拍拍他骨骼的肩，对他说：

“不要等我了，你先去吧。”

李姓男子摇摇头说：“我们的棋还没下完呢。”

我看见给鼠妹净身之后离去的人流已像几条长长的小路，而这里仍然有着双手合拢捧着树叶之碗的长长队列，这里的景象似乎是刚刚开始。郑小敏的父母也来了，女的仍然是害羞的样子，蜷缩着身体，双手放在自己的大腿上走来，男的身体贴着她，双手搂着她走来，他的身体和双手仿佛是遮盖她身体的衣服。他们伸手摘下树叶的时候分开了，走向河边，蹲下身子舀起河水，手捧树叶之碗走来时，男的在前，女的低头紧随其后，在长长的队列里移动过去。

夜莺般的歌声过来了，歌声断断续续。身穿白色衣衫的李月珍缓步走来，二十七个婴儿列成一队，跟在她身后唱着歌爬行过来，可能是青草弄痒婴儿们的脖子，婴儿们咯咯的笑声时时打断美妙的歌声。来到这里后，李月珍把婴儿们一个个抱到河边宽大的树叶上，婴儿们躺在风吹摇曳的树叶里，歌声不再断断续续，犹如河水一样流畅起来。

身上长满青草和野花的鼠妹，听到夜莺般的歌声在四周盘旋，她在不知不觉里也哼唱起了婴儿们的歌声。鼠妹成为一个领唱者。她唱上一句，婴儿们跟上一句，她再唱上一句，婴儿们再跟上一句，领唱与合唱周而复始，仿佛事先排练好的，鼠妹和婴儿们的歌声此起彼伏。

我原本迈向殡仪馆迈向父亲的步伐，滞留在了这里。

第七天

“我从来没有这么干净过，”鼠妹说，“我的身体好像透明了。”

“我们给你净身了。”

“我知道，很多人给我净身。”

“不是很多人，是所有的人。”

“好像所有的河水从我身上流过。”

“所有的人排着队把河水端到你身上。”

“你们对我真好。”

“这里对谁都很好。”

“你们还要送我过去。”

“你是第一个离开这里去安息的。”

我们走在道路上，簇拥鼠妹走向通往安息之地的殡仪馆。道路是广袤的原野，望不到尽头的长，望不到尽头的宽，像我们头顶上的天空那样空旷。

鼠妹说："在那边的时候，我最喜欢春天，最讨厌冬天。冬天太冷了，身体都缩小了；春天花儿开放，身体也开放了。到了这边，我喜欢冬天，害怕春天，春天来了，我的身体就会慢慢腐烂。现在好了，我不用害怕春天了。"

"春天就是那边奥运会的跑步冠军，也追不上你了。"我们中间有人说。

鼠妹咯咯笑了。

"你很漂亮。"另一个说。

"你这么说是让我高兴吧？"鼠妹说。

"你真的很漂亮。"我们很多人说。

"我在那边走在街上，他们回头看我；到了这里，你们也回头看我。"

"这个叫回头率高。"

"是的，在那边是叫回头率。"

"这里也叫回头率。"

"那边和这里都叫回头率。"鼠妹再次咯咯笑了。

"你走到哪里，回头率就跟到哪里。"我们说。

"你们真会说话。"

我们看着鼠妹穿着那条男人长裤改成的裙子走去。裙子很长，我们看不见她行走的双脚，只看见裙子在地上拖曳过去。

有人对她说："你的殓衣拖在地上，看上去像婚纱。"

“真的像婚纱？”鼠妹问。

“真的。”我们回答。

“你们是让我高兴吧？”

“不是，真的像婚纱。”

“可是我不是去出嫁。”

“你看上去就是去出嫁。”

“我没有化妆，新娘出嫁都是要化妆的。”

“你没有化妆，也比那边化妆了的光彩照人。”

“我不是去嫁给伍超。”鼠妹的声音悲伤了，“我是去墓地安息。”

鼠妹的眼泪开始流淌，我们不再说话。

她说：“我太任性了，我不该丢下他。”

她忧心忡忡走着，心酸地说：“他一个人怎么办？是我害了他。”

然后，我们听到鼠妹的哭泣之声在原野上长途跋涉了。

“我经常害他，在发廊的时候，我们两个都是洗头工，他有上进心，他一边给客人洗头，一边向技师学习理发做头发，他学得很快，经理都夸他，说准备要让他做技师。他私下里对我说，等他正式当上技师，收入就会多了，技艺熟练之后辞职，我们两个人租一个小门面，开一个小发廊自己发展。发廊里有一个女孩喜欢他，总是凑到他身旁亲热说话，我很生气，经常找机会与那个女孩吵架，有一次我们两个打了起来，她抓住我的头发，我抓住她的头发，他过来拉开我们，我对他吼叫，问他是要她还是要我，我让他很难堪。我尖声喊叫，发廊里的客人全都转过身看着我，经理很恼火，骂我，要我立刻滚蛋。经理还在骂我的时候，他走到经理跟前说我们辞职不干了，还对着经理骂了一句‘你他妈的滚蛋’，再回来搂住我的肩膀走出发廊。我说我们还有半个月的薪水没领，他说什么他妈的薪水，老子不要了。我当时就哭了，他搂住我走了很久，我一直在哭，说对不起他，让他丢脸了，把他的前途毁了，因为他马上要做技师了。他一只手搂住我，另一只手一直在给我擦眼泪，嘴里说着什么他妈的技师，什么他妈的丢脸，老子无所谓。

“后来我说是不是找另一家发廊去打工，他已经有技师的手艺了，他不愿意去。我保证不再吃醋，再有女孩喜欢他，我会装着看不见，他说老子就是不去发廊。我们只好去一家餐馆打工，餐馆经理说我长得好，让我做楼上包间的服务员，让他在楼下大堂做服务员。他做事勤快麻利，经理喜欢他，他很快就当上领班。他空闲下来就去和厨师聊天，找到机会就学几手厨艺。他说了，等他学到真正的厨艺后，我们两个辞职开一家小餐馆。

“我在包间当服务员，来的常常是商人和官员，有一次一群人喝多了，他们中间一个人抱住我，捏了我的胸，其实我忍一忍躲开就是了，可是我哭着下去找他，他受不了别人欺负我，进了包间就和他们打起来，他们人多，把他打在地上，用脚踢他的身体，踢他的头，我扑在他身上哭叫着求他们别打了。他们才停住手脚，餐馆经理上来，低声下气对着客人赔礼道歉。明明是他们欺负我们，经理不帮我们，还骂我们。他被他们打得满脸是血，我抱住他走出包间，走下楼梯后他推开我，要上去再跟他们打一场，他上去了几步，我扑过去死死抱住他的腿，哭着哀求他，他走下楼梯把我扶起来，我们互相抱着走出餐馆。他一直在流鼻血，外面下着雨，我们走到马路对面，他不愿意走了，坐在人行道上，我坐在他身边，雨淋着我们，衣服湿透了，汽车一辆一辆驶过去，把马路上的积水溅了我们一身又一身，他一遍一遍说着老子想杀人，我哭个不停，求他别杀人。

“我又害了他，他没做成厨师，我们也不会有自己的小餐馆了。我们两个月没有出去工作，钱本来就少，我们一天只吃一顿，两个月钱就快没了。我说还是要找个工作的。他不愿意，他说不愿意再被人欺负了。我说没有工作就没有钱，没有钱只能等着饿死。他说就是饿死也不愿意被人欺负。我哭了，哭得很伤心，我哭不是生他的气，是哭这个社会太不公平。他看到我哭，就走了出去，晚上很晚才回来，给我带来了两个热气腾腾的大包子。我问他哪里弄来的钱买的包子，他说捡了一天的矿泉水瓶和易拉罐，卖给回收废品的人换来的钱。第二天他出门时，我跟着他也出门。他问，你跟着我干什么？我说，跟着你去捡矿泉水瓶和易拉罐。

“好像到了。”

我们走了漫长的路，来到殡仪馆。我们蜂拥而入时，候烧大厅里响起一阵惊诧之声，他们看到一群骨骼涨潮般涌了进来，互相询问这些是什么，这些来干什么？塑料椅子这边一个说，可能是迟到的。另一个说，这些也迟到得太久了。沙发那边的一个高声说，迟到的都他妈的上年份了。我们中间的一个骨骼低声说，我们是上年份的白酒，他们是新鲜的啤酒。其他骨骼发出整齐的嘿嘿笑声。

塑料椅子这边的普通区域坐着十多个候烧者，沙发那边的贵宾区域只有三个候烧者。几个骨骼走向沙发那边，他们觉得那边宽敞舒服。身穿破旧蓝色衣服戴着破旧白手套的走过去，声音疲惫地说：

“那边是贵宾区域，请你们坐在这边。”

他空洞的眼睛突然看到了我，惊喜和恐惧在里面此起彼伏。这次他认出了我，因为李青的手把我的脸复原了。

我想轻轻叫一声“爸爸”，我的嘴巴张了一下没有声音。我感到他也想轻轻叫我一声，可是他也没有声音。

然后我感受到他眼睛里悲苦的神情，他声音颤抖地问我：“是你吗？”

我摇摇头，指指身边的鼠妹说：“是她。”

他似乎是长长出了一口气，仿佛从悲苦里暂时解脱出来。他点点头，走到入门处的取号机上取出一张小纸条，走回来递给鼠妹，我看到上面印着A53。他走开时再次仔细看了看我，我听到一声深远的叹息。

我们坐在塑料椅子这里。鼠妹虔诚地捧着小纸条，这是她前往安息之地的通行证，她对围坐在身边的我们说：

“我终于要去那里了。”

我们感到候烧大厅里弥漫起了一种情绪，鼠妹说出了这种情绪：“我怎么依依不舍了？”

我们感到另一种情绪起来了，鼠妹又说了出来：“我怎么难受了？”

我们觉得还有一种情绪，鼠妹再次说了出来：“我应该高兴。”

“是的，”我们说，“应该高兴。”

鼠妹的脸上没有出现笑容，她有些担心，为此嘱咐我们：“我走过去的时候，谁也不要看我；你们离开的时候，谁也不要回头。这样我就能忘掉你们，我就能真正安息。”

如同风吹草动那样，我们整齐地点了点头。

候烧大厅里响起“A43”的叫号声，我们前面的塑料椅子里站起来一个穿着棉质中山装寿衣的男子，步履蹒跚地走去。我们安静地坐着，仍有迟到的候烧者进来，身穿破旧蓝色衣服戴着破旧白手套的迎上去为他取号，然后指引他坐到我们塑料椅子这边。

塑料椅子这边静悄悄的，沙发那边传来阵阵说话声。三个贵宾候烧者正在谈论他们昂贵的寿衣和奢华的墓地。其中一个贵宾穿着裘皮寿衣，另外两个贵宾好奇询问为何用裘皮做寿衣，这个回答：

“我怕冷。”

“其实那地方不冷。”一个贵宾说。

“没错。”另一个贵宾说，“那地方冬暖夏冷。”

“谁说那地方不冷？”

“看风水的都这么说。”

“看风水的没一个去过那地方，他们怎么知道？”

“这个不好说，没吃过猪肉总见过猪跑吧。”

“吃猪肉和见猪跑不是一回事，我从来不信风水那一套。”

那两个贵宾不说话了，穿着裘皮寿衣的贵宾继续说：“去了那地方的没有一个回来过，谁也不知道那地方的冷暖，万一天寒地冻，我这是有备无患。”

“他不懂。”我身旁的一个骨骼低声说，“裘皮是兽皮，他会转生成野兽的。”

那两个贵宾询问这个裘皮贵宾的墓地在哪里，裘皮贵宾说是在高高的山峰上，而且山势下滑，他可以三百六十度地一览众山小。

那两个贵宾点头说：“选得好。”

“他们都不懂，”我身边的骨骼再次低声说，“山势要两头起的，不能两头垂的。两头起的，儿孙富贵；两头垂的，儿孙要饭。”

候烧大厅里响起“V12”的叫号声，穿着裘皮寿衣的贵宾斜着身子站了起来，像是从轿车里钻出来的习惯动作，他向另外两位贵宾点点头后，一副踌躇满志的样子走向炉子房。

叫号声来到“A44”，缓慢地响了三次后，是“A45”，又缓慢地响了三次，是“A46”了。叫号声像是暗夜里远处的呼啸风声，悠长而又寂寞，这孤寂的声音让候烧大厅显得空旷和虚无。连续三个空号后，“A47”站了起来，是一个女人的身影，小心翼翼地向前走去。

我们安静地围坐在鼠妹四周，感受鼠妹离去的时间越来越近。V13 和 V14 的两个贵宾走去后，叫号声来到“A52”，我们的眼睛不由自主地转向鼠妹，她双手合拢举在胸前，低头在沉思。

“A52”叫了三次后，我们听到鼠妹的“A53”，那一刻我们同时低下头，感觉鼠妹离开塑料椅子走去。

虽然我低着头，仍然在想象里看到鼠妹拖着婚纱似的长裙走向安息之地——我看见她走去，没有看见炉子房，没有看见墓地，看见的是她走向万花齐放之地。

然后我听到四周的塑料椅子发出轻微的响声，我知道骨骼们正在起身离去，知道他们退潮似的退了出去。

我没有起身离去。前面的塑料椅子里坐着剩下的五个候烧者，身穿破旧蓝色衣服戴着破旧白手套的父亲低头站在他们左侧的走道上，一副随时听从他们招呼的样子。我感到父亲伫立的身影像是一个默哀者。一个候烧者转过头来说了一句什么，他快步上前，低声回答候烧者的询问，然后退回到走道上继续低头伫立。我父亲对待自己的工作总是兢兢业业，无论是在那个离去的世界里，还是在这里，都是如此。

剩下的五个候烧者先后步入炉子房之后，候烧大厅里空荡得好像连空气也没有了，只有昏暗的光亮来自相隔不近的蜡烛形状的壁灯。我看见父亲步履沉重走过来，我起身迎上去，挽住父亲空空荡荡的袖管，里面的骨骼似乎像一条绳索那样纤细。我搀扶父亲准备走向贵宾区域，那边舒适的沙发在等待我们。可是父亲制止了我，他说：

“那里不是我们坐的。”

我们在塑料椅子里坐了下来，我右手捧住父亲左手的白手套，手套上的破洞让我感受到父亲手指的骨骼，脆弱得似乎一碰就会断裂。父亲没有目光的眼睛辨认似的看着我，让我感到难以言传的亲切，我叫了一声：

“爸爸。”

父亲低下头去，哀伤地说：“你这么快就来了。”

“爸爸，”我说，“我一直在找你。”

父亲抬起头来，没有目光的眼睛继续辨认似的看着我，继续哀伤地说：“你这么快就来了。”

“爸爸，”我问他，“你是不是怕拖累我？所以走了。”

他摇了摇头，轻声说：“我只是想去那里看看，我知道病治不好了就想去那里看看。”

“为什么要去那里？”

“我难过，我想到丢弃过你就难过。”

“爸爸，”我说，“你没有丢弃过我。”

“我就是想找到那块石头，在上面坐一会儿。我一直想去那里，天黑了就想着要去那里，天亮了看见你又不去了，我舍不得离开你。”

“爸爸，为什么不跟我说？我会陪你一起去的。”

“我想过要跟你说，想过很多次。”

“为什么不说？”

“我不知道。”

“是怕我伤心？”

“不是的，”他说，“我还是想一个人去。”

“所以你不辞而别。”

“不是的，”他说，“我是想坐晚上的火车回来。”

“可是你没有回来。”

“我回来了。”他是死后回来的，“我在店铺对面站了很多天，看见里面走出来的是别人。”

“我去找你了。”

“我看见店铺已经是别人的，就知道你去找我了。”

“我一直在找你。”我说，“我去了那家商场，你走的那天发生了火灾，我担心你在那里。”

“哪家商场？”

“就是离我们店铺不远的那家很大的银灰色商场。”

“我不记得。”

我想起来了，商场开业的时候他已经深陷在病痛里，我说：“你没有去过那里。”

他再次哀伤地说：“你这么快就来了。”

“我找遍了城市，还去了乡下找你。”我说。

“你见到伯伯姑姑他们了？”他问我。

“见到了，那里也变了。”我没有说那里变得荒芜了。

“他们还怨恨我吗？”他问。

我说：“他们都很难过。”

他说：“我早就应该去看看他们。”

我说：“我到处找你，没想到你坐上火车去了那里。”

他喃喃自语：“我坐上了火车——”

我这时微笑了，我想到我们是在分开的两个世界里互相寻找。

他悲伤的声音又响了起来：“你这么快就来了。”

“爸爸，我没有想到会在这里见到你。”

“我在这里每天都想见到你，可是我不想这么快就见到你。”

“爸爸，我们又在一起了。”

我和父亲永别之后竟然重逢，虽然我们没有了体温，没有了气息，可是我们重新在一起了。我的右手离开他戴着破旧白手套的纤细骨骼手指，小心放在他骨骼的肩膀上。我很想对他说，爸爸，跟我走吧。但是我知道他热爱工作，热爱这个候烧大厅里的工作，所以我说：

“爸爸，我会经常来看你的。”

我感到他骨骼的脸上出现了笑意。

他问我：“你亲生父母知道吗？”

“可能还不知道。”

他叹息一声说：“他们会知道的。”

我不再说话，他也不再说话。候烧大厅陷入回忆般的安静，我们珍惜这个在一起的时刻，在沉默里感受彼此。我觉得他在凝视我脸上的伤痕，李青只是复原了我的左眼、鼻子和下巴，没有抹去留在那里的伤痕。

他戴着破旧白手套的双手开始抚摸我的肩膀，骨骼的手指在颤抖，我感到这既是永别的抚摸，也是重逢的抚摸。

他的手指来到我手臂上的黑布，然后停留在黑布上了。他深深垂下了头，沉溺在久远的悲伤里。他知道自己离去后，我在那个世界里也就孤苦伶仃了。他没有询问我是怎么过来的，可能是他不想让我伤心，也不想让自己伤心。过了一会儿，他轻声说，他想戴上那块黑布。这是父亲的心愿，我听出来了。我点点头，把手臂上的黑布取下来递给他，他脱下两只白手套，十根骨骼的手指抖动着接过了黑布，又抖动着给自己空荡荡的袖管戴上这块黑布。

他给自己骨骼的双手戴上破旧的白手套之后，抬起头看着我，我看见他空洞的眼睛里流出两颗泪珠。虽然他早我来到这里，仍然流下了白发人送黑发人的眼泪。

“有人告诉我，朝着这个方向走，能见到我的女朋友。”

“谁是你的女朋友？”

“最漂亮的那个。”

“她叫什么名字？”

“她叫刘梅，也叫鼠妹。”

我在返回的路上，一个步履急切的人走到我跟前，他的左手一直捂住腰部，身体微微歪曲，一副大病初愈的模样。我认出这个急切的人，头上乱蓬蓬的黑发像一顶皮毛帽子，我想起他曾经有过的花花绿绿的发型，他应该很久没有染发，也没有理发。

“你是伍超。”

“你怎么知道我的名字？”

“我认识你。”

“你怎么会认识我？”

“在出租屋。”

我的提醒逐渐驱散了他脸上的迷惘，他看着我说："我觉得好像在哪里见过你。"

"就是在出租屋。"我说。

他想起来了，脸上出现了一丝笑容："是的，是在出租屋。"

我看着他左手捂住的腰部，问他："那里还疼吗？"

"不疼了。"他说。

他的左手离开了腰部，随后又习惯性地回到那里继续捂住。

我说："我们知道你卖掉一个肾，给鼠妹买下一块墓地。"

"你们？"他疑惑地看着我。

"就是那里的人。"我的手指向前方。

"那里的人？"

"没有墓地的人都在那里。"

他点点头，好像明白了。他又问："你们是怎么知道的？"

"肖庆过来了，他告诉我们的。"我说。

"肖庆也来了？"他问，"什么时候？"

"应该是六天前，"我说，"他一直在迷路，昨天才来到我们那里。"

"肖庆是怎么过来的？"

"车祸，浓雾里发生的车祸。"

他迷惑地说："我不知道浓雾。"

他确实不知道，我想起来肖庆说他躺在地下的防空洞里。

我说："那时候你在防空洞里。"

他点了点头，然后问我："你过来多久了？"

"第七天了。"我问他，"你呢？"

他说："我好像刚刚过来。"

"那就是今天。"我心想他和鼠妹擦肩而过。

"你一定见到鼠妹了。"他的脸上出现期盼的神色。

"见到了。"我点点头。

"她在那里高兴吗？"他问。

"她很高兴。"我说，"她知道你卖掉一个肾给她买了墓地就哭了，哭得很伤心。"

"她现在还哭吗？"

"现在不哭了。"

"我马上就能见到她了。"

欣喜的神色像一片树叶的影子那样出现在他的脸上。

"你见不到她了，"我迟疑一下说，"她去墓地安息了。"

"她去墓地安息了？"

欣喜的树叶影子在他脸上移走，哀伤的树叶影子移了过来。

他问我："什么时候去的？"

"今天，"我说，"就是你过来的时候，她去了那里，你们两个错过了。"

他低下头，无声哭泣着向前走去。走了一会儿，他停止哭泣，忧伤地说："我要是早一天过来就好了，就能见到她了。"

"你要是早一天过来，"我说，"就能见到光彩照人的鼠妹。"

"她一直都是光彩照人。"他说。

"她去安息之地的时候更加光彩照人。"我说，"她穿着婚纱一样的长裙，长裙从地上拖过去……"

"她没有那么长的裙子，我没见过她有那么长的裙子。"他说。

"一条男人长裤改成的长裙。"我说。

"我知道了，她的牛仔裤绷裂了，我在网上看到的。"他忧伤地说，"她穿上别人的裤子。"

我说："是一个好心人给她穿上的。"

我们沉默地向前走着，空旷的原野纹丝不动，让我们觉得自己的行走似乎是在原地踏步。

"她高兴吗？"他问我，"她穿着长裙去墓地的时候高兴吗？"

"她高兴，"我说，"她害怕春天，害怕自己的美丽会腐烂，她很高兴你给她买了墓地，在冬天还没有过去的时候就能够去安息，带着自己的美丽去安息。我们都说她不像是去墓地，像是新娘去出嫁，她听了这话伤心地哭了。"

"她为什么哭了？"他问。

"她想到不是去嫁给你，是去墓地安息，她就哭了。"我说。

伍超伤心了，他向前走去时摆动的右手举了起来，接着一直捂住腰的左手也举了起来，他两只手一边擦着眼睛一边走着。

“我不该骗她，”他说，“我不该拿山寨的 iPhone 去骗她，她很想有一个 iPhone，她每天都挂在嘴上，她知道我没有钱，买不起真正的 iPhone，她只是想想说说。我不该拿一个山寨的去骗她，我知道她为什么要自杀，不是我给她买了山寨货，是我骗了她。”

他擦眼睛的两只手放了下来，他说：“如果我告诉她，这是山寨的，我只有这么一点钱，她也会高兴的，她会扑上来抱住我，她知道我尽心尽力了。

“她对我太好了，跟了我三年，过了三年的苦日子。我们太穷，经常吵架，我经常发火，骂过她打过她，想起这些太难受了，我不该发火，不该骂她打她。再穷再苦她也不会说离开我，我骂她打她了，她才哭着说要离开我，哭过之后她还是和我在一起。

“她有个小姐妹，在夜总会做小姐，每晚都出台，一个月能挣好几万，她也想去夜总会做小姐，说只要做上几年，挣够钱了跟我回家，盖一幢房子，和我结婚，她说最大的愿望就是和我结婚。我不答应，我受不了别的男人碰她的身体，我打了她，那次把她的脸都打肿了，她哭着喊着要离开我。第二天早晨醒来，她抱住我，对我说了很多声对不起，说她永远不会让别的男人碰她的身体，就是我死了，她也不会让别的男人碰，她要做寡妇。我说我们还没有结婚，我死了你不能算是寡妇；她说放屁，你死了我就是寡妇。

“去年冬天的时候，比这个冬天还要冷，我们刚刚搬到地下防空洞里，身上的钱花完了，还没有找到新的工作，我们在床上躺了一天，只喝了一些热水，热水是她向邻居要来的。到了晚上，饿得心里发慌，她下了床，穿戴好了，说出去要点吃的。我说怎么要。她说就站在街上向走过去的人要。我不愿意，我说那是乞丐。她说你不愿意就躺着吧，我去给你要点吃的来。我不让她去，我说我不做乞丐，也不让你做乞丐。她说都快饿死了，还在乎什么乞丐不乞丐的。她一定要出去，我只好穿上羽绒服跟她走出防空洞。

"那天晚上很冷，风很大，从脖子一直灌到胸前。我们两个站在街上，她对走过去的人说，我们一天没吃东西了，能不能给我们一点钱。没有人理睬我们，我们在寒风里站了一个多小时，她说不能这样要饭，应该站到饭馆门外去等着。她拉着我的手，在寒风里走过一家亮堂堂的面包房，她拉着我又走了回去，让我在外面站着，自己走进去，我透过玻璃看着她先是向柜台里的服务员说些什么，柜台里的服务员摇头；她又走到几个坐在那里吃着面包喝着热饮的人面前，对他们说了一些话，他们也是摇头。我知道他们都拒绝给她面包，她从里面走出来，好像什么事也没有发生，拉着我的手走到一家看上去很高档的餐馆门口，她说就在这里等着，里面吃完饭的人将剩菜打包出来时，向他们要打包的剩菜。那时候我又冷又饿，在寒风里站都站不稳了，她好像不冷也不饿，站在那里看着一伙一群的人走出来，没看到有人手里提着打包的剩菜，只有轿车一辆辆驶过来把他们接走。那家餐馆太高档了，去吃饭的都是有钱人，都不把剩下的菜打包。

“后来一个商人模样的人送走了几个官员模样的人，站在餐馆门口给他的司机打电话，她走上去对他说，我们一天没吃东西了，我们不是要饭的，我们不要钱，只求你发发善心，去旁边面包房给我们买两个面包。那个商人模样的中年男人收起手机，看着她说，你这么漂亮，还缺两个面包？她说漂亮不能当面包吃。中年男人笑了，说漂亮确实不能当面包吃，可是漂亮是无形资产。她说无形资产是虚的，面包是实的。中年男人发出咦的叫声，对她说，你漂亮还聪明，你跟我走吧，跟我走想吃什么就能吃什么。她回头指指我说，我是他的人。中年男人看看我，那眼神好像在说，这穷小子。

“中年男人的奔驰车开过来了，他打开车门对里面的司机说，你去那边面包房买四个面包。司机下了车向着面包房小跑过去，中年男人的手机响了，他接起了电话。他的司机买了面包跑回来，他一边打电话一边对司机说，给他们。司机把装着四个面包的纸袋递给了她，她对中年男人说，谢谢你。中年男人坐进奔驰车，车开走了。她的手伸进纸袋，掰了一块刚出炉热乎乎的面包放进我的嘴里，再把装着面包的纸袋放进自己的羽绒服里，她冰冷的手拉起我冰冷的手，对我说，我们回家吃。

“我们回到地下的家，她又去向邻居要来一杯热水，我们两个坐在床上，她要我先喝一口热水，再吃面包，她怕我会噎着。她喜气洋洋，好像从此衣食无忧了。我吃着的时候突然伤心地哭了，我吞进自己的眼泪，咽下嘴里的面包，对她说，我们还是分手吧，你别再跟着我受苦了。她放下吃着的面包，眼泪也流了出来，她对我说，你别想甩了我，我一辈子都要缠着你，我就是死了变成鬼也要缠着你。

“她那么漂亮，很多人追求她，他们挣钱都比我多，可是她铁了心跟着我过穷日子，她有时候也会抱怨，抱怨自己跟错男人了，可她只是说说，说过以后她就忘记自己跟错男人了。”

伍超的脸上出现了笑容，我们已经走了很长的路，四周仍然是空旷的原野，我们仍然在孤零零地行走。伍超脸上的笑容开始甜蜜起来，他说起了初遇鼠妹的情景。

“我三年前第一次见到鼠妹时，她在一家发廊里做洗头工。我只是路过，随便朝发廊看了一眼，看见站在门口迎候客人的鼠妹，她也看了我一眼，我当时心里咚咚直跳，我没见过这么漂亮的姑娘,她的眼睛看我时好像把我的魂魄吸走了。我向前走出二十多米，再也不能往前走了，我犹豫很长时间，重新走回去，她还站在门口，我看她时，她又看了我一眼，这一眼让我的心脏快要跳出来了。我走过去后又犹豫一会儿，再走回来时，站在门口迎候客人的姑娘不是鼠妹了。鼠妹正在里面给一个客人洗头，我透过玻璃看到她的脸在一面镜子里，她的眼睛在镜子里看到了我，这次她看了我一会儿。

“我在那家发廊四周走来走去后，鼓起勇气走了进去，门口的姑娘以为我是去理发的，对我说，欢迎光临。我声音发抖地问她，经理在吗？一个站在收银柜台后面的男人说，我是经理。我问他，这里需要洗头工吗？他说，现在不需要，对面的发廊正在招洗头工，你去那里吧。

“我狼狈地走出这家发廊，我不敢去看鼠妹的眼睛，我在大街上走了很久，怎么也忘不了鼠妹的眼睛。过了两天，我再次鼓起勇气走进去问那个经理，是不是需要洗头工。经理还是建议我到对面的发廊去。接下来的一个月里去了四次，我感到自己一进去，鼠妹就看着我了。第四次的时候刚好有个男洗头工辞职，我幸运顶替了他。那个男洗头工的工号是 7 号，我成了 7 号。鼠妹当时看着我，嘴角一歪笑了一下。

“我在这家发廊工作的第一天晚上，理发做头发的客人不多，鼠妹坐在椅子里翻看着一本发型杂志，一边看着杂志一边抬头看镜子里自己摆动的头发，好像在给自己寻找最好的发型。我在她旁边的椅子里坐了下来，因为紧张，我呼哧呼哧地喘气，鼠妹转过脸来问我，你有哮喘病？我急忙摇头，说没有哮喘病。鼠妹说，你喘气的声音怪吓人的。

“我在她旁边坐着越来越紧张，我担心自己喘气的声音像哮喘，我像是在水里憋气似的小心呼吸。她一直在翻看那本发型杂志，设计自己各种不同的发型。我鼓起勇气问她，你叫什么名字？她头也不抬地回答，3 号。她的声音听上去很冷淡，我当时感到很悲哀，可是过了一会儿她抬起头来，微笑地看着我，问我，你叫什么名字？我慌张地说，7号。她咯咯笑了，再问我，7号叫什么名字？我才想起来自己的名字，我说，7号叫伍超。她合上发型杂志，对我说，3号叫刘梅。”

伍超的声音戛然而止，他停止前行的步伐，眼睛眺望前方，他的脸上出现诧异的神色，他看到了我曾经在这里见到的情景——水在流淌，青草遍地，树木茂盛，树枝上结满了有核的果子，树叶都是心脏的模样，它们抖动时也是心脏跳动的节奏。很多的人，很多只剩下骨骼的人，还有一些有肉体的人，在那里走来走去。

他惊讶地向我转过身来，疑惑的表情似乎是在向我询问。我对他说，走过去吧，那里树叶会向你招手，石头会向你微笑，河水会向你问候。那里没有贫贱也没有富贵，没有悲伤也没有疼痛，没有仇也没有恨……那里人人死而平等。

他问："那是什么地方？"

我说："死无葬身之地。"

二〇一三年一月二十四日

图书在版编目(CIP)数据

第七天 / 余华著. -- 2版. -- 北京 : 新星出版社,
2018.8

ISBN 978-7-5133-3141-8

Ⅰ. ①第… Ⅱ. ①余… Ⅲ. ①长篇小说-中国-当代
Ⅳ. ①I247.5

中国版本图书馆CIP数据核字(2018)第142278号

第七天
余华 著

责任编辑 汪 欣
特邀编辑 侯晓琼 薛茹月 林妮娜
装帧设计 韩 笑
内文制作 杨兴艳
责任印制 史广宜

出 版 新星出版社 www.newstarpress.com
出 版 人 马汝军
社 址 北京市西城区车公庄大街丙3号楼 邮编 100044
电话 (010)88310888 传真 (010)65270449
发 行 新经典发行有限公司
电话 (010)68423599 邮箱 editor@readinglife.com

印 刷 北京天宇万达印刷有限公司
开 本 850毫米×1168毫米 1/32
印 张 7.5
字 数 130千字
版 次 2018年8月第2版
印 次 2019年7月第12次印刷
书 号 ISBN 978-7-5133-3141-8
定 价 39.50元